Laubfärbung

Buch

Herr K. leidet seit einiger Zeit unter dem Erfolgsdruck, nachdem die Firma, für die er als Handelsreisender tätig ist, Kosten sparende Maßnahmen ergriffen hat, die insbesondere in Herrn K.'s Verkaufsgebiet zu starken Umsatzverlusten geführt haben.
Er sitzt in seinem Wagen und erinnert sich an die letzte Tagung der Außendienstmitarbeiter, während der ihm arg zugesetzt worden ist. Allen Mut zusammennehmend, verteidigt sich Herr K. in einer beherzten Stellungnahme. Seine Befreiung ist von kurzer Dauer, da er erkennen muss, dass die aalglatten Vorgesetzten selbst keine Fehler eingestehen und die Schuldfrage weiterhin im Raum steht.
K. fühlt sich allein gelassen und seine Krise verschärft sich. Gegenüber seinen Kunden ist er ohne Selbstbewusstsein. Dann ereignet sich etwas, was der Eine nicht gewollt, der Andere nicht geahnt hat.

Autor

Markus Sprehe wurde 1960 in Lechtingen, einer kleinen Gemeinde nahe bei Osnabrück geboren. Er arbeitete viele Jahre als Werbegrafiker, bevor er nun seinen ersten Kurzroman veröffentlichte. Er lebt heute mit seiner Frau und einer gemeinsamen Tochter in der Stadt Bramsche.

Herstellung und Verlag: BoD - Books on Demand, Norderstedt
Copyright © 2007 Markus Sprehe
Umschlaggestaltung: Markus Sprehe
Umschlagfoto (Vorderseite): Markus Sprehe, 2006
Umschlagfoto (Rückseite): Irmgard Sprehe, 2005
Gesetzt in der Garamond

www.markus-sprehe.de

www.bod.de

****

ISBN-13: 978-3-734-77580-2

Die in diesem Roman erwähnten Personen sind frei erfunden.
Jedwede Ähnlichkeit mit existierenden Menschen wäre rein
zufällig. Auch die Handlung ist rein fiktiv.

Laubfärbung

Markus Sprehe

Gewidmet Jürgen P. ...

Mein ist Dein
Dein ist Mein
Euch ist Uns
Uns ist Euch

Lasst uns Brüder sein
Lasst uns teilen

Lasst uns auch Schwestern sein
Einander lieben
Wie einst der uns liebte,
Jesus,
dem wir folgen sollten

Beseitigen wir Neid
Beseitigen wir Zorn
Beseitigen wir Hass,
der unsere Seele zerfrisst

Gemeinsam sind wir stark
Stark genug
Für den Frieden
Für die Ewigkeit

- 1 -

Der silbergraue Combi stand am Straßenrand. Herr K. saß auf dem Fahrersitz und löffelte einen Joghurt. Sein Blick verirrte sich in einem Maisfeld, das vor ihm lag und vor dem die schmale Straße in eine Linkskurve flüchtete.

Eine Fliege setzte sich auf seine Augenbraue. Herr K. pustete sie mit vorgestreckter Unterlippe beiseite. Radio machte ihn seit Monaten nervös, deshalb war es stumm.

Als er rülpste, roch es säuerlich, und Herr K. ließ die Fensterscheibe herunterfahren. Die Fliege strömte mit dem Geruch ins Freie.

Ein Traktor, der durch die Kurve tuckerte als gleichzeitig sein Mobiltelefon in der Freisprecheinrichtung klingelte, ließ ihn aufschrecken.

"Oh, nein", stöhnte er. Mit zitternder Hand betätigte er den Fensterheber. Der Bauer auf dem Traktor beäugte ihn neugierig und drehte sich noch einmal um, als er an dem silbergrauen Wagen vorbei war.

Herr K. erkannte die Nummer im Display als die Greiners. Mit vorgetäuschtem Selbstbewusstsein nahm er ab und meldete sich:

"Tag, Herr Greiner, wie geht es Ihnen? Was machen die Geschäfte?"

"Sagen Sie mal, K.", schallte es durch das Wageninnere, "wollen wir noch weiter Geschäfte machen, oder nicht?"

"Wieso, Herr Greiner, was ist geschehen?"

"Was geschehen ist? Das will ich Ihnen sagen: Ich habe Ihrer Dame im Innendienst, ich weiß nicht mehr, wie die heißt... Na, ja, auf jeden Fall habe ich gesagt, dass das Banner nicht so wichtig sei, aber die Papierrollen bräuchte ich unbedingt heute. Auch Ihnen habe ich das doch gestern am Telefon gesagt, stimmt's?"

"Ja", bestätigte Herr K. kleinlaut.

"Ja sagt er. Nun K., dann sagen Sie mir mal, wo ist denn nun meine Ware?"

"Ich verstehe das nicht, Herr Greiner, die Sachen sind gestern raus gegangen. Das hat mir Frau Kolbe bestätigt. Rausgeschickt mit unserer Hausspedition."

Herr K. spürte, wie ihm das Blut in den Kopf schoss. Das Maisfeld verschwamm für Sekunden vor seinen Augen.

Herr Greiner wirkte trotz seiner Wut verzweifelt, und K.'s Hilflosigkeit war ihm zuwider.

"Was ist mit Ihnen, K., ich höre nichts mehr", fauchte Greiner spöttisch, "ich brauche die Rollen für den Auftrag eines Großkunden. Wissen Sie, was das bedeutet, K.?", fragte er.

"Ja", glaubte Herr K. zu wissen.

"Ach was, nichts wissen Sie", belehrte ihn Greiner, "aber lassen wir das. Sie sind der Ältere von uns Beiden, sonst hätte ich Sie jetzt durchs Telefon gezogen", sagte Greiner nun etwas gelassener. "Sehen Sie zu, dass ich noch heute meine Ware bekomme, dann können wir Freunde sein."

Und da machte Herr K. etwas, was ihn anwiderte: Er gab Zusagen, von denen er nicht wusste, ob er sie würde einhalten können. Welche Möglichkeiten hatte er schon - hier unterwegs. Er grübelte, bedauerte sich, beneidete andere, selbst den Bauern auf dem Traktor, und er legte so gar nicht Wert darauf, Greiners Freund zu werden.

Herr K. klebte auf seinem Sitz, stierte durch die Frontscheibe: Er hasste diese Mächtigen, diese skrupellos Unterdrückenden, obwohl er gern selbst mächtig gewesen wäre, das dachte er, aber nur, um der Unterdrückung entfliehen zu können, um aus dieser ganzen Scheiße raus zukommen.
Und wieder, wie so oft in letzter Zeit, verhedderte sich Herr K. in Tagträumen. Wieder fühlte er sich jung.
Nein, das geht nicht, dachte er, die Zeit ist längst vorbei. Das bringt doch alles nichts. Ich will ja raus aus dem Schlamassel. Ich brauche eine Möglichkeit für jetzt und heute. Ja...ja. Wie kann ich unabhängig werden. Ich kann doch nicht mehr jünger werden.
Herr K. begann, ohne dass er es selbst bemerkte, zu mogeln. Er verjüngte sich um nur wenige Jahre, in seinen Träumen war das möglich, und er bildete sich ein, dass alles, was er sah, Wirklichkeit sei. Er musste sich jünger machen, weil niemand in seinem Alter Karriere machen konnte. Eigentlich wusste Herr K., dass seine Chance vor Jahren dahin geschmolzen war, wie

Eis etwa, das in der Sonne zu Wasser wird. Die Zeit hatte das Wasser fort gespült und es an anderer Stelle wieder zu Eis erstarren lassen. Die Chance für jemand anderen. Herr K. wollte das nicht wahr haben. Wie trist würde das Leben fortan sein, gäbe es nicht mehr das Licht, dem er sich zu nähern versuchte.

Karl-Heinz Schnellinger, dieser ausgebuffte Fußballprofi, der hat es richtig gemacht, dachte Herr K. und presste seinen leeren Joghurtbecher zusammen, oder Helmut Haller, auch der: Geh'n die nach Italien, sehr mutig. Fremde Sprache, fremde Menschen, alles fremd, aber die haben abkassiert, jawohl. Danach konnten die Leute sie gern haben. Nichts habe ich mehr von denen gehört. Was machen die überhaupt heute? Leben! Ja, wahrscheinlich nur leben. Ich hatte ja keinen Mumm. Mir war ja Öffentlichkeit immer suspekt, dachte Herr K.

Er kratzte sich am Kinn und wusste im selben Moment, das er deshalb auch nicht Musiker geworden war, oder Schauspieler. Das waren seine Wunschberufe in jungen Jahren gewesen. Die Tragik aber war, dass er immer das zu sein anstrebte, was er unmöglich sein konnte.

Ach, seufzte er, ich habe keinen Mumm. Mehr als drei Menschen um mich herum sind schon zu viel. Ach ja,...vielleicht schreibe ich mal ein Buch. Das kann ich verkaufen, ohne begafft zu werden, dachte er. Ein Buch schreiben kann man immer, auch jenseits der fünfzig.

Herr K. betrachtete sich im Rückspiegel. Er fand an seinem lichten krausen Haar nichts zu beanstanden. Die blauen Augen aber hatten einen müden Glanz und die Haut schimmerte fahl. Ich muss die Nasenhaare rasieren, dachte er.

Dann goss er sich aus der Thermoskanne Kaffee ein. Er wollte sich noch keine Gedanken über Greiners Ware machen.

Das Telefon klingelte. Meisel stand auf dem Display. Oh, Gott, entfuhr es Herrn K., nicht auch noch der. Er spülte seinen Kaffee herunter und nahm ab.

"Na, K., liegen Sie am See?", rief Herr Meisel. Er rief von unterwegs an, das hörte K. an den Fahrgeräuschen im Hintergrund.

"Nein, Herr Meisel", antwortete er gequält, "ich stehe am Straßenrand und habe gerade ein paar Telefonate erledigt. Ich bekomme gar keine..."

"Ja, ja, schon gut, obwohl,...ich meine im Hintergrund Wasser plätschern zu hören."

"Nein, nein." Herr K. entspannte sich.

"Wie auch immer", fuhr Herr Meisel fort, "sagen Sie mal, K., können Sie mir zu morgen noch zwei Rollen liefern? Ich habe gerade einen Auftrag geholt und bin auf dem Weg in meine Firma. Etwas Material habe ich noch, dann kann ich schon anfangen."

"Ja, Herr Meisel, das müsste sich machen lassen."

"Müsste? K., muss! Kommen Sie mir nicht mit müsste. Ja oder nein, sonst order ich das Zeug bei der Konkurrenz."

"Welches Material benötigen Sie denn, Herr Meisel, das muss ich schon wissen", verteidigte sich Herr K.

Herr Meisel überlegte einige Sekunden, bis er seine Unsicherheit überwunden hatte:

"Das, was ich letzte Woche bestellt habe, welches erst nach drei Tagen kam. Sollte auch am nächsten Tag da sein. Also, K., ja oder nein, morgen, definitiv?"

"Ja, Herr Meisel, ich schicke es per Express."

"Ihr Wort in Gottes Ohr." Herr K. wollte sich noch für die Bestellung bedanken, aber Meisel hatte bereits aufgelegt.

Herr K. wählte die Nummer vom Innendienst. Ein Tornado-Tiefflieger schoss derweil über das Maisfeld hinweg und übertönte das Tuten in der Freisprecheinrichtung. Eine Gruppe krächzender Stare stob verschreckt auseinander. Der Anschluss war besetzt. Jürgen K. trank einen Schluck Kaffee. Dann stieg er aus dem Wagen und zündete sich eine Zigarette an. Hastig sog er mit zusammengekniffenen Augen den Rauch ein. Er ging auf und ab, warf die Kippe weg und trat an das Maisfeld heran. Zielstrebig brach er sich einen reifen Kolben ab, schälte ihn und biss hinein. Aus dem Wageninneren hörte er das Klingeln seines Mobiltelefons, kümmerte sich aber nicht darum. Er nagte seinen Maiskolben kahl und urinierte anschließend an eine knorrige Eiche, die am Straßenrand emporragte. Die Schritte zum Wagen fielen ihm schwer. Die Gegend war menschenleer. Er war völlig allein, und so fühlte er sich auch. Allein gelassen mit seinen Herzstichen, die ihn seit Monaten quälten, verlassen von Gott; aber war das so? Hätte er nur an ihn gedacht, wie er es sonst tat.

Im Display stand ein Anruf in Abwesenheit. Herr K. sah nach: Hellerbach, ein Kunde, den er mochte, der ihm aber seine Zeit raubte. Hellerbach erzählte gern aus seinem Leben und jedes Mal endete die Geschichte in der Werkstatt in Allenstein, in der er während des Krieges die Wehrmachtsfahrzeuge warten musste. Herr K. hatte inzwischen das Interesse an der Lebensgeschichte Hellerbachs verloren. Was gingen ihn auch die Erlebnisse in der fernen Werkstatt während eines Krieges an, von dem er nichts wusste.

Das eine will man, das andere muss man, dachte Herr K. Solange er bestellt, muss ich das ertragen. Außerdem zahlt er pünktlich. Er drückte die Kurzwahltaste für Frau Kolbe im Innendienst. Kurz darauf meldete sich eine mädchenhafte Stimme:

"Kolbe. Hallo, Herr K. Ich glaube, heute hatte ich alle Außendienstler schon mal am Telefon. Wie geht es Ihnen?" Frau Kolbe lachte kurz und beherzt auf.

Albern, dachte K. "Na, ja", nuschelte er, "geht so." Aber es ging gar nicht. Im Bauch hatte er Steine und in Erwartung schlechter Nach-richten auf seine folgende Frage war die Stirn schweißnass.

- 2 -

Herr K. war nicht immer von dieser inzwischen andauernden pessimistischen Grundeinstellung beherrscht gewesen. Er fühlte sich verfolgt und gehetzt und verwundbar. Herr K. war angeschlagen, ein in die Ecke getriebenes Tier. Und instinktiv bäumte er sich gegen sein bedrohliches Schicksal auf, so wie ein Tier es getan hätte. Jedenfalls hatte er sich aufgebäumt, einmal, darüber war nur eine Woche vergangen.

Plötzlich war ihm alles egal gewesen. Er hatte einen Satz begonnen, den er beenden musste, weil alle Anwesenden ihn anstarrten.

Laubinger, ein Mitte-Dreißiger mit vorstehendem Kinn, betrat mit verwaschenen Jeans und ungepflegtem Sakko das Foyer des Tagungshotels. Unter dem Arm trug er eine berstende Mappe. Hektisch sah er auf seine Uhr: Acht Uhr fünfzig.

"Tach, alle zusammen", rief er, als er auf seine Außendienstkollegen zuschritt. "Ist das schon wieder ein viertel Jahr her, dass ich eure Missgestalten sehen musste? Das darf doch nicht war sein, was?"

"Ay, Laubinger, du alte Socke. Sag mal, sind deine Brillengläser schon wieder dicker geworden?" Henschel klopfte ihm auf die Schulter und lachte.

"Nee, du, reine Einbildung", sagte Laubinger und griente Henschel an, während er Hände schüttelte.

Grothe drückte ihm die Hand so stark, dass er aufschrie: "Ay, Grothe, spinnst du? Ich weiß ja, dass du Einzelkämpfer warst. Brauchst du mir nicht jedes Mal zeigen."

"Oh, sorry, Weichei."

Laubinger tat beleidigt und begrüßte K., dessen Händedruck nass und warm war. K. lächelte und sagte: "Hallo Kai, bist du gut durch gekommen?"

"Na, offensichtlich nicht", raunzte Grothe, "er is' ja wieder mal der Letzte! Hast wohl noch so lange auf der Mutter gelegen, was, Laubinger?"

Laubinger ging über diese Bemerkung hinweg: "Wieso, was soll ich denn so früh hier? Geht doch noch nicht los. Ich bin doch kein Streber."

"Nee, Kai, beileibe nicht", sagte Henschel, "ehrlich mal, wenn ich Kunde wäre, und du würdest so rein kommen..., oh, nein, diese Mappe..., wenn ich die sehe, also ehrlich, ich würde dich raus werfen."

"Warum, was hast du gegen meine Mappe? Da habe ich alles drin, was ich brauche."

Grothe und Henschel lachten lauthals, und auch die anderen Kollegen schmunzelten, selbst K. machte keine Ausnahme.

"Was wir im Kopf haben", sagte Grothe, wobei er sich umschauend an die Stirn tippte, "das hast du in der Mappe, Laubinger, aber so ist das bei euch Ossis, ihr hängt eben noch hinterher."

"Ja, aber alle Ossis, deshalb fällt er dort auch nicht auf...mit seiner Mappe." Henschel schüttelte sich vor Lachen. Laubinger griente unecht und nicht nur K. erkannte, dass er sich verletzt fühlte.
Einen Moment herrschte Schweigen. Henschel steckte die Hände in die Taschen und schaute zum Fenster hinaus. K. beobachtete ihn und dachte, dass die Bemerkung überflüssig gewesen war. Laubinger griente noch immer, Grothe kaute am Fingernagel und die anderen Kollegen sahen auf den Boden oder irgendwo hin, sinnend über das Kommende, sich vorbereitend auf die Außendienstler-Tagung. Müller, der einzige in der Runde, der älter war, als K. - und auch der

Sonnengebräunteste wahrscheinlich des gesamten Konzerns - fragte mit seiner tiefen verrauchten Stimme:

"Habt ihr denn alle Aktionen vorbereitet? Das stand doch in der Agenda, dass wir uns Aktionen in unseren Gebieten überlegen sollten, um die Umsätze zu steigern."

"Hör doch auf mit Aktionen, immer diese Aktionen", polterte Laubinger, "Was soll'n das immer?"

Marsfeld zog ein Blatt aus seiner Mappe: "Nee, lass mal, Laubinger, ich habe mir da schon meine Gedanken gemacht. Ich denke, mit Aktionen sind wir immer präsent auf dem Markt. Das ist ein gutes Werkzeug, Aufmerksamkeit zu erregen. Sieh mal, du kannst doch nicht ständig bei jedem Kunden sein..."

"Bla-bla, das weiß ich auch, aber warum muss ich mir was ausdenken. Wir haben doch genug schlaue Köpfe; diese ganzen Strategen, die ihre Arbeit auf uns abwälzen. Gib mal her, den Wisch." Laubinger zog Marsfeld den Zettel aus den Fingern und überflog ihn: "Das ist doch Katzenpisse, mal ehrlich, oder?"

"Ay, mal nicht so großkotzig", sagte Henschel, "gleich bist du klein wie ein Fliegenschiss. Glaubst du, mir macht das Spaß?"

"Niemandem macht das Spaß", sprach Grothe für alle, "jetzt hab dich mal nicht so, Laubinger. Du weißt doch, wie das ist. Wir lassen uns von den Herren klein machen, dann steigen wir in unsere Autos, drehen die Musik auf volle Pulle und ab die Post zurück zur Mutti."

K.'s Bauch verkrampfte sich. Er dachte an seine Frau, die sich gegen nichts behaupten musste, tagtäglich, sah man ab von dem Staub im Haushalt. Er sehnte sich plötzlich nach ihrer Nähe. Grothe hatte Recht. Irgendwann war alles überstanden. Würde nur nicht dieser lange Tag noch vor ihnen liegen.

K. zündete sich eine Zigarette an, und der erste Zug machte ihn vor Wonne fast wahnsinnig. Er wünschte, die Zigarettenlänge möge endlos sein. Solange sie glomm, hatte er nichts zu befürchten.

"Aber ist doch wahr, Mann", nörgelte Laubinger, "diese idiotische Analyse der Umsatzzahlen bringt doch nichts. Ich kenne meinen Umsatz, und..."

...dann öffnete sich die Tür des Tagungsraums. Herr Rehburg, einer der Vertriebsleiter, rief: "Meine Herren, es geht jetzt gleich los. Rauchen Sie ihre Zigaretten zu Ende, und dann kommen Sie bitte herein, ja?"

"Ich brauch' noch 'ne Kippe vor der Tür", sagte Henschel, als Rehburg wieder verschwunden war. "Kommt jemand mit?"

K. folgte ihm. Schweigend standen sie im kühlen Herbstdunst und pafften an ihren Zigaretten. Henschel führte K.'s Zittern wohl auf den Herbst zurück:

"Ist verdammt kalt geworden", bemerkte er und schnippte seine Kippe in ein Blumenbeet. "Komm, wir müssen rein!"

K. betrat als letzter den Raum. Unsicher sah er sich nach einem freien Platz an der u-förmig angeordneten Tischreihe um. Der einzige freie Stuhl war der neben Schauer, dem Kollegen aus dem Süden. Vorne stand ein einziger Tisch, auf dem einer dieser modernen Beamer postiert war, daneben ein Laptop, von dem ein Kabel über den grauen Velours-Teppichboden verlief, der von schmalen roten Streifen durchlaufen war. Auf der herunter gelassenen Leinwand leuchtete in Gelb-Rot-Blau das Konzernlogo.

Der Raum war frisch gelüftet und die Fenster noch weit geöffnet. K. erkannte jenseits eine riesige Grünfläche, in derer Mitte eine Eiche über ihr Reich wachte. Ein Gärtner zupfte am hinteren Saum des Grundstücks das letzte Unkraut vor dem Winter. Dahinter erhob sich ein Wald, dessen Blätterkleid sich in seiner irisierenden Pracht von seiner schönsten Seite zeigte, bevor der Frost es zu Boden zwingen würde. Der weite Schatten der Eiche ließ den Stand der fahlen Sonne erahnen.

Jürgen K. nahm sich eine der Tassen, die auf den Tischen neben Kaffeekannen, Orangensaft-, Mineralwasser- und Colaflaschen aufgereiht standen. Ihm war kalt, und gleichzeitig verspürte er Achselschweiß.

Alle Kollegen hatten ihre Unterlagen vor sich ausgebreitet und sahen zu Herrn Kastanidis hinüber, ihrem Chef, der neben der Leinwand stand, die Arme mit gefalteten Händen nach unten gestreckt. Sein grauer Anzug schimmerte seidig, ebenso sein halblanges, glattes, schwarzes Haar. Herrn Kastanidis Ahnen stammten aus Griechenland, er selbst war aber in München aufgewachsen und erhob nun seine Stimme mit bayrischem Akzent:

"Meine Herren, nun, da sie alle mit Getränken versorgt sind, möchte ich beginnen. Ich möchte zunächst einige Worte zur Gesamtsituation unseres Unternehmens sagen. Anschließend wird Herr Rehburg über den Standort im Süden berichten, Herr Thrum über die Lage im Norden. Sie...", und dabei blieb Herr Kastanidis, der während seiner Vorträge auf- und ab zugehen pflegte, vor dem Tisch mit den Geräten stehen, warf einen kurzen Blick auf den Monitor seines Laptops und bewegte die Maus, um den Bildschirmschoner zu inaktivieren, "äh, Sie, meine Herren, werden dann einbezogen, ja? Wir haben Ihnen, wie gewohnt, die Agenda zugeschickt, so dass Sie sich vorbereiten konnten. Wir werden also nachher die relevanten Zahlen ihrer Umsatzgebiete hier an die Wand werfen und darüber zu sprechen haben."

Herr Kastanidis nickte Herrn Thrum zu, der an den Tisch heran trat und die vorbereitete Präsentation startete, die Herrn Kastanidis Worte veranschaulichen sollte.

Herr K. mochte Herrn Kastanidis, der mit seinen dreiundvierzig Jahren noch sehr jugendlich wirkte. Er wusste, dass dieser während einer früheren Managertätigkeit in Südamerika seine Frau kennen gelernt hatte und nun Vater einer fünfjährigen Tochter war. Seine Einleitung war bald beendet, und er gab Thrum erneut ein Zeichen, woraufhin der sogleich loslegte.

Der Grieche schlenderte, die rechte Hand in der Tasche, zu dem offenen Fenster. Er schloss es, wandte sich um und lehnte sich an die Fensterbank. Seine ruhigen Augen spazierten über die Gesichter der Vertreter, die alle nach vorne auf die Leinwand schauten. Während Herr Thrum über schlechte Umsätze klagte, hatte Herr K. den Griechen im Auge behalten. Als Herr Kastanidis ihn irgendwann nüchtern musterte, wich Herr K. dem Blick aus. Er fühlte, wie das Blut in seine Ohren schoss. Sein Kugelschreiber rutschte in den feuchten Händen, und deshalb legte Herr K. ihn vor sich auf den Tisch. Er verspürte ein Unwohlsein in der linken Brust. Unweigerlich schlich sich seine Hand dort hin. Der leichte Druck brachte ihm Linderung und beruhigte ihn ein wenig.

Herr Thrum hatte vorgeschlagen, er wolle die Mitarbeiter in der Reihenfolge zu Wort kommen lassen, in der sie sich nichts ahnend an die Tische gesetzt hatten. Er begann an der rechten Seite, dort, wo Herr K. saß: "Herr Marsfeld", begann der Vertriebsleiter mit auffordernd ausgestrecktem Arm auf den Kollegen weisend, "sie hatten im letzten Quartal, glaube ich, einige größere Sachen dabei. Sieht ganz ordentlich aus! Sie liegen jetzt knapp über Budget." Er lächelte: "Sagen Sie mal etwas dazu, was ist gelaufen, welche Aktionen planen sie für die nächsten drei Monate? Na, ja, sagen Sie was." Herr Thrum stand mit leicht gespreizten Beinen, die Hände vor dem Bauch gefaltet. Sein rundes Gesicht mit den listigen Knopfaugen und dem stetigen, gefährlichen Grinsen war gut durchblutet. Auf der Nase schimmerten einige feine Adern unter der Haut. Er war groß, beinahe zwei Meter, ungewöhnlich für einen Mann in seinem Alter: Über fünfzig, genau wusste K. das nicht. Jedenfalls wusste er genug über Thrum, wie er meinte, um stets auf der Hut zu sein. Herrn Thrums Stimmlage änderte sich eigentlich nie, auch sein Grinsen verlor sich nie. Aber der Blitz ist ein stummer Geselle, und in Augenblicken des Zorns konnte Herr Thrum wie ein Blitz ohne Donner einschlagen. Er verstand es, sein Opfer auszuhöh-len wie einen Baum. Gegenwehr war zwecklos, so meinte K.

Herr Marsfeld war mit einem blauen Auge davon gekommen. Es mag daran gelegen haben, dass Herr Thrum sein Opfer bereits ins Visier gefasst hatte. Neben Marsfeld saß der smarte Herr Schauer, der zum Gebiet Süd gehörte und später durch Herrn Rehburg befragt werden würde. Herr K. verkrampfte. Er nippte an seinem Kaffee, um Ruhe vorzutäuschen. Herr Kastanidis löste sich von der Fensterbank, schritt lässig hinter der

Tischreihe entlang. Herr K. stellte seine Tasse zurück.

Irgendwann ist dieser Tag vorüber, dachte Herr K. Doch dann befiel ihn Panik, weil wieder der Gedanke ihn überfiel, dass er den Tag ja noch vor sich hatte. Seine Ohren glühten, als Herr Thrum sich ihm zuwandte:

"Nun zu Ihnen, Herr K. Kurzes Resümee von meiner Seite: Katastrophengebiet!"

Einige Kollegen wagten zu lachen. Herr Rehburg konnte sich ein kopf schüttelndes Grienen nicht verkneifen. Herr Thrum hohnlächelte Herrn K. an, dessen Ohren nun purpurrot anliefen. Kastanidis lehnte am Türrahmen und registrierte den Schweiß, der an Herrn K.'s Schläfen abwärts lief. Plötzlich war es mucksmäuschenstill.

"Na ja, Sie lachen, meine Herren", sagte Herr Thrum, "K. ist das Lachen vergangen." Er ging zurück, um sich am Laptop zu betätigen. Auf der Leinwand erschien ein Zahlenraster, das Herr Thrum eine Weile betrachtete. Federnden Schritts ging er auf die Leinwand zu und blinzelte Herrn Rehburg zu, als wollte er ihm signalisieren, dass nun der beste Teil seiner Vorstellung folgen würde. Ernste Falten kräuselten Herrn Rehburgs Stirn, da er ahnte, dass der Ärger über den schlechten Umsatz in diesem Augenblick zweitrangig war. Er wollte sich weiden am seelischen Leid des Herrn K., der so offensichtlich fragil war, dass Herr Thrum seiner Neigung nach gar nicht anders konnte, als ihn durch den Wolf zu drehen.

Rehburg mochte seinen Vertriebsleiterkollegen nicht. Er selbst führte seine Leute mit Autorität, übertönte diese aber mit Kameradschaftlichkeit. Er hatte Leute raus geworfen, die sich etwas hatten zuschulden kommen lassen, dennoch, wer sein Bestes gab, der stand unter seinem Schutz. Mit einem Anflug von Stolz hatte er bemerkt, dass es seine Außendienstler gewesen waren, die mutig gelacht hatten, während Thrums Garde geschwiegen hatte.

Nun sah er Herrn K.'s Verwirrung, und Irgendetwas in seinem Innern gebot ihm, diesem sympathischen, introvertierten Menschen beizustehen, falls es notwendig sein würde.

"Nun aber", fuhr Herr Thrum fort, "sehen wir uns die Zahlen einmal an: Im letzten Jahr, Zeitraum Januar bis Oktober Einskommafünfsieben Millionen. Dieses Jahr Neunhundertvierzigtausend. Au, Backe, K., wie haben Sie das denn hin gekriegt?"

Herr K. sah, wie der Gärtner vor einem heftig einsetzenden Regenschauer flüchtete. Im Dauerlauf schob er die Schubkarre vor sich her. Dann rutschte er auf dem nassen Rasen aus, die Beine flogen nach hinten und er lag der Länge nach auf dem Grün. Er raffte sich auf. Fluchend, mit den Armen wild gestikulierend und zweimal auf den Boden stampfend stand er dort. Dann wischte er sich die nassen Hände an der nassen Hose ab. Herr K. senkte den Kopf und blätterte in seinen Unterlagen, als suchte er eine Antwort auf Herrn Thrums Frage. Jedoch hatte er alles im Kopf, bis ins Detail hatte er nächtelang analysiert, penibel eine Stellungnahme auf eben diese Frage ausgearbeitet, die doch kommen musste, soviel war ihm klar gewesen. Nein, deshalb blätterte er nicht mit gesenktem Kopf. Jetzt, da der Moment gekommen war, bekam er kalte Füße. Hier war es anders als in seinem kleinen Büro daheim. Hier saß er in großer Runde und spürte die lauernden und mitleidigen Blicke. Es waren die Mitleidenden, die ihm zusetzten. Nichts war schlimmer als Mitleid erfahren zu müssen. Bemitleidet zu werden bedeutete, Außenstehender zu sein. Herr K. wollte bewundert werden - wer wollte dies nicht – so wie ein Jahr zuvor, als er noch der Überflieger gewesen war. Mit Fleiß und Geschick hatte er bei allgemeiner Stagnation eine satte Steigerung erreicht. Auch Herr Thrum war überaus zufrieden mit ihm gewesen.

So schnell kann sich alles umkehren, dachte Herr K. Dieser aalglatte Grinser will mich demütigen..., und die Kollegen?..., die bemitleiden mich..., was sollen sie auch tun? Herr K. blätterte in seinen Unterlagen, aus Angst, irgendjemand könne seine Gefühle vom Gesicht ablesen. In Wahrheit wusste jeder, wie ihm zumute war. Es würde ihm auch nichts anderes übrig bleiben, als wieder aufzuschauen – irgendwann.

Herr Thrum fuhr fort: "Sie werden jetzt die Standortschließung als Entschuldigung vorbringen wollen, mein lieber Herr K. Natürlich haben wir mit Rückgängen in Ihrem Gebiet gerechnet. Zwanzig Prozent haben wir einkalkuliert. Zwanzig Prozent! Herr K., das müssen Sie sich mal vor Augen führen. Jetzt sind es mehr als vierzig. Ich bin gespannt, was Sie jetzt zu sagen haben."

Raffiniert, dachte K., er will mir gar keine Chance geben, will mir gleich jeden Ausweg verbauen. Immer noch in seine Unterlagen vertieft, spürte er regelrecht Herrn Thrums glühenden Blick. Er spürte, wie die Angst ihn schüttelte und wunderte sich, dass es offenbar niemand sah - oder zumindest nicht zu erkennen gab - und die Ungewissheit, ob die ruhigen Blicke seiner Kollegen jetzt auf ihm hafteten – und falls ja – ob das einfach nur bedeutete, dass sie dem Überflieger des letzten Jahres eine selbstbewusste, mit plausiblen Gegenargumenten gespickte Stellungnahme zutrauten, oder ob sie Mitleid verschleierten, was K. mutmaßte, fraß an seiner Seele.

Kein Mitleid, tobte Herr K. innerlich, Mitleid ist verletzend.

Herr Thrum hatte ihn in die Ecke getrieben. Herr K. fühlte sich mehr und mehr einem verletzten Raubtier ähnlich, das aus seiner Ecke heraus im Moment äußerster Not eine unvermutete Kraft entwickelt und im Angesicht des Todes seinen

Mörder richtet und mit sich nimmt – schreiend, brüllend.

Mit dem Mut, der aus der Verzweiflung entsteht, sah Herr K. nun endlich auf und bemerkte - dann doch wieder um Fassung ringend - dass Herr Thrum ihn anstarrte – ahnungslos, während auf der Leinwand die Umsatzzahlen in gelber Schrift auf blauem Grund leuchteten, und so erwiderte Herr K. dann doch zaghaft:

"Es gibt mehrere Gründe, die als Summe zu diesem Umsatzverlust geführt haben dürften."

"Na, ich bin gespannt wie ein Drahtseil in der Manege", fiel Herr Thrum ihm ins Wort. Herr Kastanidis schritt in den Raum hinein und deutete Herrn Thrum mit auf die Lippen gelegtem Zeigefinger an, zu schweigen. K. hielt inne, sah Herrn Thrum angestrengt an; es entstand eine hörbare Stille, die er kaum ertragen konnte. Die Gedanken der Anwesenden schrieen ungeordnet durcheinander. Blicke kreuzten sich viel sagend und - fragend. Nur Thrum fixierte Herrn K. nach wie vor, jedoch unfähig, ihn zur Fortführung seiner Erklärung aufzufordern, wohl durch Herrn Kastanidis Zeigefinger selbst ein wenig eingeschüchtert. Plötzlich stand Herrn Kastanidis Stimme klar im Raum:

"Herr K., sie deuteten an, für Ihr Minus - darf ich das so nennen? - ja, gibt es mehrere Erklärungen, ja? Bitte, fahren Sie fort, ich möchte da jetzt gern durchblicken, erfahren, was da los ist in Ihrem Gebiert. Bitte!"

- 5 -

"Es gibt mehrere Gründe", setze Herr K. neu an. "Durch die Schließung des Standortes in meinem Verkaufsgebiet habe ich am meisten verloren. Ich weiß, dass allein vierzig Prozent durch Kunden in unmittelbarer Standortnähe erwirtschaftet wurden. So genannte Selbstabholer. Firmen, die es gewohnt waren, entweder von uns ein- bis zweimal täglich beliefert zu werden oder eiligst Waren abzuholen."

"Ja, Herr K., wir wissen sicher alle, was man unter Selbstabholer versteht", höhnte Thrum, der aus irgendeinem unerklärlichen Grund eine tiefe Abneigung gegen ihn entwickelt haben musste, wie Herr K. dachte. Da muss ich später einmal drüber nachdenken, nahm er sich vor, und fuhr fort:

"Dieses Privileg war schlagartig weg. Wir mussten mit Paketdiensten liefern, was einen wertvollen Tag Lieferverzögerung bedeutete."

"Dieses Argument kann ich so nicht stehen lassen, Herr K." Herr Kastanidis stand plötzlich direkt vor Herrn K. Er hatte sich so leise bewegt, dass K. mächtig überrascht von seinen Unterlagen aufsah, fragend, unschlüssig abwartend.

"Wissen Sie, was mich stört, Herr K.? Alle anderen Kunden kommen mit dem Lieferservice von heute auf morgen zurecht. Warum nicht auch Ihre Kunden am ehemaligen Standort? Für mich ist das Bequemlichkeit und,...das wollen wir nicht außer Acht lassen, meiner Meinung nach sind wir schamlos ausgenutzt worden, wenn Sie erklären,

Kunden seien zweimal täglich von uns beliefert worden."

Herr Rehburg erhob sich erstmals von seinem Stuhl und sagte: "Herr Kastanidis, wenn ich dazu etwas sagen dürfte? Vergessen Sie nicht, dass Bequemlichkeit eines der wichtigsten kauf entscheidenden Motive eines Kunden ist. Im Übrigen haben wir auch an den anderen Standorten solche Kunden, die ebenso beliefert werden."

"Aber hören Sie mal, Herr Rehburg, ich weiß das Beides. Ich möchte aber einmal klar machen, dass hierdurch unnötige Kosten entstehen." Herr Kastanidis sah Herrn Rehburg scharf an. Dieser entgegnete dem entschlossenen Blick seines Vorgesetzten mit Gelassenheit, zog es aber vor, nicht weiter auf Herrn Kastanidis einzuwirken. Herr Kastanidis stand gebeugt vor K., die Hände auf die Tischkante gestemmt. In rasantem Tempo drehte er sich auf der Hacke, sodass Herr K. seinen Chef von hinten mustern konnte, den sportlichen Körper verpackt in einen feinen Anzug. Warum eigentlich nicht flotte Jeans? Fragte er sich. Legere Kleidung hat nicht etwas so Verbindliches, dachte er, ist nicht so förmlich, dachte er, macht mir keine Angst, und Kastanidis sähe darin nicht so künstlich aus. Der Grieche ließ ihm genügend Zeit für seine Gedanken. Er spähte in die parkähnliche Landschaft hinaus, begleitete den Gärtner, der nach dem Regenguss damit beschäftigt war, seine mit Laub gefüllte Karre über den Rasen zu schieben und entdeckte ein Eichhörnchen, das, offenbar durch den Gärtner aufgeschreckt, den Eichenstamm, von dem noch vereinzelt Tropfen fielen, hinauf flüchtete. So nach draußen schauend, fuhr er mit gefalteten Händen fort: "Wissen Sie, Herr K., Ihre Aufgabe besteht darin, den Leuten ihre Unmanierlichkeiten abzugewöhnen."

Herr Thrum nickte zustimmend: "Jawohl, Herr K., ich sehe das genauso wie Herr Kastanidis, ein schweres Versäumnis Ihrerseits." Blut leckend rieb er sich die Hände. Schleimer, dachte Herr K. Kastanidis, der wohl ahnte, dass sein Vertriebsleiter sich an K.'s Misere weidete, sah ihn verständnislos an, woraufhin Herr Thrum nervös hinter das Pult flüchtete. Kastanidis schlenderte dagegen demonstrativ in die entgegen gesetzte Richtung hinter die Tischreihen: "Ich frage mich natürlich, Herr K., oder,...ich frage Sie, war denn Ihr über Jahre gewachsenes Verhältnis zu den Kunden nicht gut?"

Oh, wie raffiniert, erkannte Herr K. den Trick.

"Einen Kunden, den man über Jahre betreut hat, den muss man kennen, ja, so gut kennen, dass man weiß, ob er am Montag die gestreifte Unterhose, oder die mit den Punkten trägt."

Einzelne Kollegen lachten laut auf, und Herr K. fragte sich, ob Herr Kastanidis auch die weiblichen seiner Kunden meinte. Was meinte er überhaupt damit? Was wurde denn hier von ihm verlangt, das konnte er doch nicht ernst gemeint haben, unmöglich konnte er das ernst gemeint haben, dachte K., aber war ihm nach Scherzen? Oder war das Strategie? Herr Kastanidis war ein ausgezeichneter Stratege, dafür war er bekannt. Was bezweckte er mit dieser Äußerung? Das Gelächter erstarb schnell, als er sagte: "Zu Ihnen, meine Herren, kommen wir später noch."

Nur Kollege Marsfeld griente, denn er war mit einem blauen Auge davongekommen.

Herr K. aber reagierte sehr sensibel mit rot anlaufenden Ohren auf Herrn Kastanidis Wort "später", das ihm die unzweifelhafte Tatsache vor Augen hielt, dass die Tortur noch nicht zu Ende war. Vor ihm breitete sich Dunkelheit aus. Er fühlte sich in einem Tunnel gefangen, so weit hineingefahren, dass weder von rückwärts noch von vorne Licht eindrang. Eingeschlossen in tiefste geistige Finsternis drangen Herrn Kastanidis Worte bedrohlich an sein Ohr: "Wenn Herr Thrum hier von Versäumnis spricht, dann kann ich dem nicht widersprechen, auch, wenn ich nicht gern unterbrochen werde, Herr Thrum."

Kastanidis sah ihn mit einem überlegenen unmissverständlichen Lächeln an, und Herrn Thrum fiel nichts Geistreicheres ein, als "Entschuldigung" zu sagen, worauf sich Herr Rehburg, der auf einem Stuhl neben dem Pult saß, befriedigt räusperte.

"Nun, Herr K., in guten Zeiten hätten Sie für den Tag X Vorkehrungen treffen müssen", setzte

Herr Kastanidis wieder an. "Die Leute hätten sich Ihnen gegenüber verpflichtet fühlen müssen. Sehen Sie selbst Ihren Fehler, Herr K.?, und, ...Fehler haben Sie gemacht, die unseren Konzern schwächen, da gibt es keinen Zweifel."

Herr K. schüttelte sich innerlich

"In diesen Zeiten schlechter Konjunktur können wir uns keinen verlorenen Kunden leisten."

Herr K. keuchte und fürchtete zu ersticken.

"Zwanzig Prozent Umsatzverlust haben wir einkalkuliert, das hätten die eingesparten Standortkosten aufgefangen. Nun muss ich feststellen, dass wir schlechter dastehen als vorher. Das kann und will ich nicht akzeptieren. Das hätte nicht sein müssen, und deshalb sage ich Ihnen, Herr K., ich bin enttäuscht von Ihrem Ergebnis, bedenkt man einmal das wirklich gute Vorjahresresultat. Ich hätte viel mehr von Ihnen erwartet. Entschuldigung, Herr K., ich kann mir das nicht erklären. Sie haben doch was drauf, Mensch,...sind Sie krank?, oder warum diese mangelnde Motivation, dieses spärliche Engagement, einen verlorenen Kunden zurückzuholen? Sie..."

Und genau in diesem Augenblick wagte Herr Rehburg einen erneuten Vorstoß: "Entschuldigen Sie bitte, dass ich unterbreche, Herr Kastanidis. Ist das nicht etwas hart, hier von mangelnder Motivation und fehlendem Engagement zu sprechen, bevor Herr K...."

"Darf ich auch mal etwas sagen?", wisperte Herr K. fast unhörbar, doch Herr Kastanidis ignorierte ihn, falls er ihn verstanden hatte: "Das sind die Schlussfolgerungen meiner Analyse, Herr Rehburg. Auch ich werde an Zahlen gemessen. Wenn im System etwas nicht stimmt, dann muss ich den Fehler suchen und beheben, und deshalb..."

"Und deshalb rede jetzt ich!" Die ungewohnten schrillen Worte Herrn K.'s ließen Herrn Kastanidis ins Stocken geraten. Darauf war er nicht gefasst gewesen, dieser wortgewandte mächtige Manager mit der bescheidenen Ausstrahlung, der gewohnt war, dass man ihm zuhörte. Nun kam da ein Außendienstmitarbeiter und befahl ihm quasi zu schweigen. Und in der Tat hatte sich K. bei den ruhig vorgetragenen, aber wie er es sah, unrichtigen Vorwürfen wie der Kessel einer Lokomotive gefühlt, den der übermächtige Druck zu bersten drohte, doch dann reagierte das Überdruckventil. Vielleicht hatte auch Herrn Rehburgs Einwand ein Teil dazu beigetragen, und so kam es zu diesem bemerkenswerten Satz, der Thrums Grinsen vertrieb, was schon was heißen wollte.

Kaum hatte K. seine Rede angekündigt und die erstaunten Blicke seiner Kollegen auf sich gespürt, Kastanidis weißen Zähne zwischen den offenen Lippen registriert, da fühlte er sich elefantenschwer und befürchtete, der Stuhl könne unter seinem Gewicht zusammenbrechen, und er war sich nicht klar darüber, nur einen Moment, sollte er sich mehr ängstigen vor der Rede, die er nun unweigerlich würde halten müssen und deren

Worte er noch nicht gefunden hatte, oder dem Getöse des zerbrechenden Stuhls, was die Aufmerksamkeit aller noch mehr auf sich lenken würde, falls ein 'mehr' überhaupt möglich war. Alles war gebannt. Dann verschwand die Furcht wie ein flüchtiger Geist. Verantwortlich dafür konnte nur die verzweifelte Wut sein, die sich in ihm angestaut hatte und irgendwie, dachte er, sei er sogar dankbar dafür, dass Herr Kastanidis ihn so arg gereizt hatte, denn plötzlich wähnte sich K. vollkommen frei. Er lernte jeden Muskel seines Körpers einzeln kennen, wie sie sich nacheinander in ihrer Entkrampfung vorstellten; ein Wohlbefinden, das K. schon verloren geglaubt hatte, breitete sich über seinen Körper aus. In dieser Sphäre des Hochgefühls fand K. die Befähigung, alles, was er sich zuhause so gründlich zurechtgelegt hatte, eins zu eins vorzubringen.

Die Vorhaltungen Kastanidis und Thrums vermochte er spontan und kristallklar zu deuten. Er konnte passende Antworten geben, und das Entscheidende, er konnte sie zum richtigen Zeitpunkt geben und nicht, wie gewöhnlich hinterher, auf dem Weg heimwärts, wenn sie nichts mehr bewirkten.

Kastanidis stand dort, unbeweglich mit offenem Mund. Er sah Herrn K. verdutzt an, als wollte er fragen: Wie bitte? Aber irgendetwas an K.'s Äußerem musste ihm signalisiert haben, dass Innehalten hier ratsam sei. Herr K. nahm sich sogar die Zeit, an seinem Kaffee zu nippen und dehnte die Spanne der Lautlosigkeit aus, weil er sie genoss, da er selbst sie herbeigeführt hatte und darin einen Triumph sah.

Alle glotzten ihn an, und weil K. nun keine Bedrohung mehr empfand, hätte er gern darüber gelacht: Wie lächerlich einfach das ist, dachte er.

Aber Herr K. besann sich. Hier ging es um seine Verteidigung. Er wollte sich reinwaschen. Die vergangenen zehn Monate hatten gereicht, aus ihm einen kranken Menschen zu machen, und es war keine Krankheit, wie etwa ein grippaler Infekt oder Durchfall. Diese Krankheit war schleichend gekommen, und ihr Erreger war nicht auszurotten ohne dabei selbst mit draufzugehen. Es war der Mensch und alles, was er sich künst-lich geschaffen hatte; auch maßgeschneiderte An-züge, wie sie Kastanidis trug, oder Thrum, oder Rehburg, kaschierten des Menschen Natur, soviel stand fest. Bei allem Fortschritt, der so willkommen war und das schwere Leben der Urmenschen so vereinfacht hatte, war leider einiges auf der Strecke geblieben. Die Menschen, so empfand es Herr K., hatten verlernt, zusammenzurücken, wenn Sturm über das Land zog. Stattdessen verkamen sie mehr und mehr zu Einzelgängern, auf ihren eigenen Erfolg bedacht, und dabei vergaßen sie die Menschlichkeit. Ja, die Seuche verbreitete sich, der Mensch mutierte zum Kaltblüter.

"Bitte entschuldigen Sie, Herr Kastanidis, ich habe Sie unterbrochen", begann Herr K., nachdem er seine Kaffeetasse abgestellt hatte. Er legte noch eine kleine Pause ein, um Herrn Kastanidis Reaktion abzuwarten. Der aber musterte Herrn K. nur erwartungsvoll.

"Sie haben Ihre Enttäuschung zum Ausdruck gebracht, von mangelnder Motivation gesprochen, und sogar von spärlichem Engagement. Da geht mir aber der Hut hoch, Herr Kastanidis. Das lasse ich nicht auf mir sitzen. Beileibe nicht. Bevor hier über mich gerichtet wird, möchte ich einige Fakten, jawohl, Fakten vorbringen. Sehen Sie, Herr Kastanidis, es ist nun einmal nachweisbar, dass meine Kunden am Standort vierzig Prozent des Umsatzes ausgemacht haben, meines Umsatzes, und es entspricht der ernüchternden Wahrheit, dass mir von diesen vierzig Prozent ganze zwei verblieben sind. Sie machen es sich sehr leicht, indem Sie mir die Verantwortung dafür übertragen." Herr K. drehte den Kopf: "Und Sie, Herr Thrum, haben doch offenbar versäumt - wenn wir schon von Versäumnis sprechen - Herrn Kastanidis ordentlich über die Ergebnisse unserer gemeinsamen Besuche bei den Großkun-den direkt nach der Schließung des Standortes, teilweise auch kurz vorher, zu unterrichten. Haben Sie denn allen Ernstes angenommen, diese Unternehmer würden die knappe Mitteilung der Schließung kurz vor dem Fest wie ein Weihnachtsgeschenk aufnehmen? Übertölpelt gefühlt haben die sich. Trotz aller Warnungen unseres ehemaligen Niederlassungsleiters hatten Sie..., und

Sie", K. sah Herrn Kastanidis an, "und was weiß denn ich, wer an diesem Plan mitgewirkt hat, nur die eingesparten Kosten im Kopf. Der K., der hat schon alles im Griff. Zwanzig Prozent weniger, passt schon, ja? So haben Sie gedacht!"

"Aber hören Sie mal, Herr K., es ist unser legitimes Recht, und auch unsere Pflicht gegenüber den Aktionären, von einem Außendienstmitarbeiter gewisse Umsätze zu erwarten, dafür werden Sie schließlich gut bezahlt."

"Einspruch, Herr Kastanidis! Und das ganz entschieden. Sie vergessen wohl, dass mir durch Ihre..., soll ich sagen *hervorragende?* Maßnahme von heute auf morgen achtunddreißig Prozent meiner Provision fehlten. Kein Wort habe ich darüber verloren. Geschluckt habe ich ohne Murren. Wenn Sie das für richtig halten, habe ich gesagt, wenn es dem Konzern gut tut, dann machen Sie es, habe ich gesagt. Ihre Entscheidung, Ihr Risiko, Ihre Verantwortung! K. hat seine Arbeit gemacht, so gut es möglich war. Spärliches Engagement? Lachen müsste ich über die Ignoranz meiner Tüchtigkeit, aber nein, ich lache nicht, es geht mir nah, ich Trottel nehme mir das zu Herzen." Herr K. kämpfte mit zitternden Lippen gegen die Tränen an, während sein Blick Herrn Kastanidis verfolgte, der sich in Richtung Pult bewegte und neben Herrn Thrum stehen blieb.

"Herr Thrum", fuhr K. fort, "Sie wissen genau, dass die Kunden nicht abgesprungen sind, weil sie mit mir unzufrieden waren. Dem Konzern eins auswischen wollten sie, weil der es nicht für nötig hielt, eine Entscheidung, die lange gefällt war, frühzeitig bekannt zu machen, zudem eigenem Personal einen Maulkorb verabreichte, während der Wettbewerb längst Bescheid wusste und unseren Kunden zutrug, was sie noch nicht wissen sollten. Ich, der ich während meiner Besuche mit Nachfragen geradezu bombardiert wurde, musste lügen, weil ich ja nicht wusste, was ich wusste. Ich musste dementieren und später korrigieren. Das war ein Vertrauensbruch." Dabei zeigte Herr K. zum Zeichen seines Unmuts mit dem Finger auf Herrn Kastanidis. "Herr Kasta-nidis, die Farbe der Unterhosen meiner Kunden sind mir nicht bekannt. So intim war ich nicht mit ihnen, dennoch mag ich behaupten, dass ich die Leute gut kannte. Ich schätzte sie, verkaufte ihnen gute Ware, von der ich überzeugt war, zu fairen Preisen, und sie brachten mir ihre Wertschätzung entgegen. Wenn ich diese nicht-mehr-kaufenden Kunden heute besuche, um sie eventuell doch noch zurück zu gewinnen, wissen Sie, wie das abläuft? Ich sage es Ihnen: Sie behandeln mich gut, und ich weiß nicht, ob diese eine Lüge unser Verhältnis getrübt hat. Ich glaube das nicht, vielmehr, dass sie um das Diktat der Lüge wissen.

Vereinzelt bin ich gefragt worden, warum ich denn nicht bei der Konkurrenz arbeite, weil sie dann ihre Materialien wieder bei mir kaufen könnten. Das hat mich sehr gefreut... Ja, die Konkurrenz, Herr Kastanidis, meine Herren, die Sie wohl ganz außer Acht gelassen oder zumindest unterschätzt haben. Sie wussten doch um den Lieferanten, der vor ort sitzt, dem das Wasser bereits zum Hals stand. Sie haben ihn wieder stark gemacht, damit haben Sie nicht gerechnet? Oh, auch ich nicht, das dürfen Sie glauben. Auch ich habe gemutmaßt, die Kunden seien zu erziehen. Manche haben es auch versucht. Ein paar mal kam die Ware erst am übernächsten Tag, weil unsere Logistik noch Schwächen aufwies. Dann sind auch sie zur Konkurrenz gegangen. Wissen Sie, Herr Kastanidis, der Mensch ist ein Gewohnheitstier, das ist bekannt, und da sich ein Konkurrent anbot, genau das zu leisten, was der Gewohnheit der Kunden entsprach, ging man den bequemen Weg. Was sagten Sie eben?", wandte sich Herr K. an Herrn Rehburg und fuhr ohne eine Antwort abzuwarten fort, "Bequem-lichkeit ist eines der größten kauf entscheidenden Motive? So ist das wohl. Sie geht über Freund-schaft.

Freundschaft kann im Geschäftsleben mitunter lästig sein, wenn sie ihren Tribut fordert. Dennoch habe ich festgestellt, dass ich durchaus annehmbare Freunde unter meinen nun ehemaligen Kunden hatte... Oh", winkte Herr K. schnell ab, als Herr Thrum zu sprechen begehrte, "bitte unterbrechen Sie mich nicht. Sie glauben, jene seien keine Freunde? Falsch, völlig falsch! Sie haben nur privat und Geschäft getrennt, weil sie es als notwendig erachteten. Wissen Sie, was das Ausschlaggebende war, ich meine für den Absprung? Es war der Zorn gegenüber unserer Firma. Da halfen keine Verständnis suchenden Worte, alle müssen in dieser schwierigen Zeit Kosten senken, seit unsere Politik vorschnell die EU gen Osten erweitert hat. Aber lassen wir die Politik aus dem Spiel... Jedenfalls waren meine Kunden nicht bereit, sich ein größeres Lager einzurichten, um diese eintägige Lieferverlängerung auszugleichen. Es ist eine verrückte Zeit, oh ja, das möchte ich meinen. So manch einer, hätte er keinen Lieferant vor ort gefunden, wäre lieber zu anderer Konkurrenz abgewandert, die nichts mehr zu bieten hat als wir, bevor er weiterhin bei uns gekauft hätte. Alles nur, weil die Information der Schließung nicht von uns selbst kam, oder jedenfalls doch zu spät. So wie ich das sehe, hätte man besonders mit den Großkunden über alles reden können. Unsere Firma musste Geld sparen: Das hätten Kunden nachvollziehen können, weil wir alle sparen müssen, alle auf einem Dampfer im aufgewühlten Ozean treiben, aber Sie..., unser Konzern hat sich aufgespielt wie der Kapitän, der den Kurs vorgibt. Nur hat er die Augen vor der Tatsache verschlossen, dass unsere Kunden nicht die Matrosen sein wollten."

Herr K. verschnaufte kurz. Der Schweiß lief ihm den Nacken hinab. Er hatte sich so richtig frei geredet und war noch lange nicht am Ende. Er verspürte die Anstrengung, die ihn das konzentrierte Sprechen kostete. Seine Stimme hatte inzwischen eine gewisse Heiserkeit angenommen.

Doch er wollte sich ob des Verlangens nun kein Wasser öffnen, weil er fürchtete, aus dem Konzept gebracht zu werden. Nur das nicht, dachte er. Kastanidis wirkte jetzt außerordentlich ruhig und entspannt. Seine Miene schwieg sich über seine Gedanken aus. Während K.'s Vortrag war er leise vor der Fensterreihe auf- und abgegangen, wie er es zu tun pflegte, wenn er zuhörte. Auch die Kollegen verhielten sich mucksmäuschenstill, mancher mochte durch Herrn K.'s kecken Worte mutig geworden sein, andere waren vielleicht beängstigt in Erwartung der Dinge, die aufgrund der frechen Äußerungen K.'s auf sie zukommen mochten. Thrum war einfach nur bleich und Rehburg tat sehr unbekümmert, ja, bisweilen huschte ein anerkennendes Lächeln über seine Mundwinkel, wenn K. Augenkontakt zu ihm aufnahm.

"Sie haben sich empört, Herr Kastanidis", fuhr Herr K. fort, "die Kunden hätten uns schamlos ausgenutzt, seien bequem. Alles richtig, und ich bin nicht deren Anwalt. Darf ich Sie fragen, warum Sie ihnen dann nachtrauern? Nein, antworten Sie nicht." Herr K. wehrte mit den Händen ab, obwohl Kastanidis ihm den Rücken zukehrte und auch keine Anstalten gemacht hatte, zu erwidern: "Sie haben die Frage bereits beantwortet. Der Konzern kann sich keinen verlorenen Kunden leisten. Ehrlich, Herr Kastanidis, ich kann nicht verstehen, warum Sie ausgerechnet von mir enttäuscht sind, von mir, warum nicht von der

Politik, die durch Fehlentscheidungen die Billigländer stärkt, unsere Gesellschaft aber in einen Sumpf der Unzufriedenheit treibt. Warum nicht von sich selbst?... *Ich* habe den Konzern geschwächt? Mann, oh Mann, das kann ich nicht haben! Das gebe ich, mit Verlaub, an Sie zurück.

Nun, es gibt aber noch andere Gründe für die schlechten Zahlen." Herr Thrum atmete tief durch und Herr Kastanidis drehte sich um. Mit breitem Mund und glänzenden Augen sah er zu Herrn K. Der war etwas überrascht und hielt kurz inne. Kastanidis Blick lullte ihn ein. Die Wangenmuskeln fielen herab und er sehnte sich nach einem Bett. Mit gedämpfter Stimme sagte er: "Die schlechte Konjunktur hat doch auch meinen Kollegen geschadet." Er sah in die Runde und erntete vereinzeltes Kopfnicken. "Es ist doch nicht von der Hand zu weisen, dass wir alle allein dadurch etwa zehn Prozent hinterher hängen, weil Kunden unserer Kunden im Ausland produzieren oder herstellen lassen. Und noch ein ganz entscheidender Punkt: Wussten Sie, dass ich zwei weitere Großkunden verloren habe, weil sie nicht bezahlt haben und von unserer Buchhaltung gesperrt wurden? Zusätzlich auch noch einige Kleinere! Wussten Sie, dass das fünfzehn Prozent meines letzt jährigen Umsatzes ausmachte? Oje, Herr Kastanidis, wenn ich das alles zusammenrechne, auf wie viel komme ich denn da? Na, und wenn die Aufgabe gelöst ist, Herr Thrum, dann müssen Sie nur noch die Differenz ausrechnen zu dem anfangs von Ihnen genannten tatsächlichen Wert. Woher kommen denn nur diese fünfundzwanzig Prozent Umsatz, die doch noch zusätzlich fehlen müssten? Habe ich das richtig gerechnet?... Oh, entschuldigen Sie, ich sehe, wie sich Ihre Mienen verfinstern, weil ich diese ernste Angelegenheit so, na, sagen wir ruhig, zynisch auf den Tisch bringe. Wie sagt das Sprichwort: Wie es in den Wald reinhallt, so schallt es auch wieder heraus. Vielleicht habe ich Ihre Geduld zu arg strapaziert. Sie hätten die Macht gehabt, mich zu unterbrechen. Umso dankbarer bin ich, dass ich meinem Unmut Luft machen darf."

Herr Rehburg schmunzelte mit geneigtem Kopf, das Kinn auf die geballte Faust gestützt, das linke Bein locker über das Rechte geschlagen.

"Nur eins noch möchte ich gerne sagen. War es denn nicht tüchtig von mir, dass ich die durch Standortschließung nicht erwarteten Verluste durch Neukunden aufgeholt habe, ja, sogar mehr als das?

Herr Kastanidis, Sie haben mich doch gefragt, ob ich krank sei? Ja, das haben Sie. Ich will hier keine Antwort schuldig bleiben." Herr K. sah seinen Vorgesetzten mit glasigen Augen an. Seine roten Wangen verrieten die Anspannung. In seiner Stimme schwang ein leichtes Zittern, als er sagte: "Ich fühle mich krank. Das Jahr war sehr belastend, und es gibt keinen Grund, mir spärliches Engagement vorzuwerfen. Ich fühle mich erbärmlich, und Ihre Schelte tut sein Teil dazu.

Wenn Sie mich entlassen möchten,...dann müsste es mir beinahe recht sein,...ich meine, weil Sie so enttäuscht sind." Herr K. war nun einer Ohnmacht nah. Hatte er sich auf so völlig untypische Art den Frust von der Seele geredet, so machte er zuletzt dem Vorgesetzten seine Schwäche bewusst, und somit sich selbst seine Erbärmlichkeit. Alles war gesagt, und solange er von seinen Worten getragen worden war, hatte er über der Angst geschwebt, in die er jetzt eintauchte wie in eisiges Wasser.

Ein Hotelbediensteter machte durch kurzes Klopfen auf sein Eintreten aufmerksam, bevor er die Tür aufschwang und sich sogleich bei Herrn Rehburg erkundigte, ob der Service in Ordnung sei. Herr Rehburg bat um einige Kannen Kaffee. Daraufhin verschwand der junge Mann mit der gestylten Frisur, eine Verbeugung andeutend, um sogleich mit zwei Gehilfinnen erneut einzutreten, die vor der Tür gewartet haben mussten. Gemeinsam sammelten die Mädchen wieselflink die leeren Flaschen und Kannen ein, während der Nachwuchskellner mit einem Handtuch vereinzelt Flecken von den Tischen abwischte. Marsfeld erbat auf seine ruhige hanseatische Art einen Tee, woraufhin Müller und Henschel sich anschlossen.

"Oh, super", sagte Grothe, "mir bitte ein Bier." Der Kellner sah ihn stumm lächelnd an und merkte sogleich, dass die Bestellung nicht ernst gemeint war. Grothe zwinkerte ihm zu und schnalzte mit der Zunge.

Herr Kastanidis ging auf und ab. Die Fingerspitzen seiner Hände hatte er gegeneinander gepresst, sodass Daumen und Zeigefinger ein offenes Dreieck bildeten, durch das er auf den Teppich sah. Es mochte sein, die Unterbrechung kam ihm gelegen, um sich zu sammeln. Er sah kurz zu dem Kellner auf, abschätzend, ob ihm noch ein wenig Zeit verblieb. Dann stellte er sich ans Fenster, die Hände auf das Fensterbrett gestützt und sah hinaus.

Der Kellner warf Herrn Rehburg unterdessen einen flüchtigen Blick zu und verschwand geräuschlos aus dem Raum.

Draußen hatte wieder leichter Regen eingesetzt. Herr Kastanidis verfolgte die Tropfen, wie sie vor seiner Nase irgendwo von der Dachkante auf das Fensterbrett fielen und dort abperlten. Aus weiter Ferne vernahm er ein leises Grummeln. Herr Thrum nutzte die Gelegenheit und setzte zu einem Gegenangriff an: "Mein lieber Mann, Herr K., gewagte Worte. Eine Beurteilung unserer Aktivitäten und Maßnahmen steht Ihnen wohl kaum zu."

"Nein, nein, lassen Sie das, Herr Thrum", schaltete sich Herr Kastanidis sogleich mit seiner klaren freundlichen Stimme ein. Er drehte sich wieder dem Raum zu, nahm Herrn Thrum ins Visier, dann K., angenehm lächelnd: "Jeder hat hier das Recht, ungestraft seine Meinung zu äußern. Ich halte die Schließung nach wie vor für richtig, meine Herren. Wir müssen die Konkurrenz halt mehr unter Druck setzen, mit vorübergehendem Preisdumping etwa, mit Alternativprodukten. Oder... eine weitere Möglichkeit: Wir könnten die Kunden mit Aktionen füttern. Diese kleine Klitsche, die Ihnen dort angeblich zu schaffen macht, werden wir doch klein kriegen, Herr K. Sie wissen doch, dass diese Konkurrenz eigentlich gar keine sein kann. Sie hat deutlich schlechtere Einkaufsbedingungen bei den Zulieferfirmen. Wenn jene Firma bei den Großkunden auf unsere Preise eingestiegen ist, dann kann bei den Hauptprodukten nichts mehr zu verdienen sein. Seine Marge macht die Konkurrenz also bei den nicht ganz so gängigen Nebenprodukten. Und genau dort werden wir den Hebel ansetzen. Wenn wir also Ihren Kunden eben diese Produkte schmackhaft machen, dann wird unser Wettbewerb nur noch das Hauptprodukt verkaufen können, das, welches schnell geliefert werden muss."

"Der Preis ist aber gar nicht mehr so entscheidend", sagte Herr K., "...plötzlich nicht mehr! Die Lieferantennähe ist wichtiger."

"Der Preis ist immer entscheidend, Herr K., Sie werden sehen, unser Wettbewerb wird das Rennen nicht zu Ende bringen, wenn er jetzt auch Nebenprodukte billiger machen muss."

"Du, K.", bemerkte Marsfeld, "ich muss Herrn Kastanidis zustimmen. Überleg' doch mal. Selbst, wenn deine Kunden die Lieferantennähe für wichtiger ansehen, so werden sie günstigere Preise bei den Nebenprodukten doch gerne annehmen, und da kann deine Konkurrenz dann nur noch kneifen. Ärger sie doch ein bisschen."

"Stimmt zwar", wagte sich nun auch Grothe vor, "allerdings verdienen auch wir an den Nebenprodukten, was wir an den Hauptprodukten zu wenig haben. Was haben wir denn erreicht, wenn wir jetzt diese Preise in den Keller ziehen?"

Kastanidis schüttelte den Kopf: "Herr Grothe, wie

lange sind Sie eigentlich im Geschäft? Wir schalten Konkurrenz aus. Nachher ziehen wir den Preis langsam wieder hoch."

Herr Thrum zeigte auf wie ein Erstklässler und merkte etwas versöhnlicher an, als sei es ihm gerade wieder eingefallen: "Herr Kastanidis, wir haben das vereinzelt versucht..."

"Was?"

"Na ja", sagte K., "Bei einem meiner Großen haben wir den Preis eines einzigen Produktes, an dem wir noch gute Marge hatten, rasant in den Keller gefahren. Den Preis konnte Dollinger unmöglich bieten..."

"Wer ist Dollinger?", fragte Marsfeld.

"Über den reden wir doch die ganze Zeit", ereiferte sich Herr K., was Marsfeld zu einem kleinlauten "Ach so" veranlasste.

"...und dennoch kauft der Kunde nicht bei uns. Er nimmt geringe Mehrkosten in Kauf, immer noch besser als höhere Lagerkosten."

"Das bedeutet demnach", resümierte Herr Kastanidis, "wir haben das Selbstabholergebiet verloren."

Er rieb sich zerknirscht das Kinn, doch er war kein Mensch, der sich so einfach geschlagen gab: "Dennoch, Herr K.: Bleiben Sie an den Kun-den dran, füttern Sie die mit neuen Materialien. Ich bin sicher dieser... Dollinger wird auf der Strecke bleiben. Dann sollten wir präsent sein. Verstehen Sie? Wir müssen auf unsere neue Chance lauern."

Kastanidis hatte wohl Herrn K.'s Bemerkung zu seinem Gesundheitszustand vergessen: Oder er ignorierte sie mit Absicht. K. war es nur Recht, und als Thrum sich des nächsten Außendienstmitarbeiters annahm, ohne selbst noch große Worte zu verlieren, spürte Herr K. zwar Erleichterung, doch kein Zeichen des Triumphes. Er fragte sich, ob die Herren überhaupt Interesse an seinen Problemen hatten.

Es ist schlimm, eine Maus in einem Blumentopf zu sein, dachte er. Sooft sie auch den Rand erreicht: Sie wird immer wieder zurückgestoßen und verlacht.

Als er sich von dem frischen Kaffee nachschenkte, glühten die Ohren nach wie vor. Auch sein Herz flimmerte, aber die Muskeln schwammen weiterhin in diesem neu entdeckten Bad der Entspannung. Sein gehauchtes Lächeln war nur schwer zu deuten.

Um sechzehn Uhr war der Spuk zu Ende. K. verabschiedete sich durch ein knappes "Auf Wiedersehen" von seinen Vorgesetzten, klemmte seine Unterlagen unter den Arm und verschwand zusammen mit seinen Kollegen ins Foyer.

Dort verfielen diese wieder in Ihren lauten derben Slang. K. winkte Ihnen zu und strömte gleich an die frische Luft, um sich eine Zigarette anzuzünden. "Knickerige Bande", nuschelte er.

"Was is', K.?"

Er fuhr herum. Henschel stand breitbeinig hinter ihm. Auch ihn hatte die Sucht nach draußen getrieben.

"Ach, nichts", sagte K.

"Na, geiler Vortrag jedenfalls. Alle Achtung! Ist aber auch echt 'ne scheiß Situation für Dich, stimmt's?"

"Hm!" K. nickte.

"Ay, sag mal, K., ich geh' bald am Stock, Du. Ich hab' seit heute morgen nichts mehr gegessen, bis auf diese paar perversen Kekse, die da auf dem Tisch standen. Was sind das doch Geizhälse, was?"

"Sag' ich doch", antwortete K.

"Wie?"

"Ach, schon gut. Ich habe auch Hunger. Ich werde an der nächsten Raststätte einkehren. Ob ich um neun oder zehn zuhause bin, ist dann auch egal."

"Ja? Fährst Du solange?"

"Na, und Du?"

Henschel schaute auf die Uhr: "Ich müsste um halb Acht bei Mutti sein. Und morgen fahre ich nicht raus. Da werde ich ganz in Ruhe frühstücken und die Zeitung lesen. Ich habe auch noch genug im Büro zu tun. Mann, was habe ich Hunger." Er rieb sich den Bauch und verzerrte das Gesicht. Dann nahm er einen letzten Zug und warf die Kippe in einen nahen Gully.

"Für alles haben die Geld", fuhr er fort, "in zwei Wochen ist doch schon wieder so ein dämliches Golfturnier. Und wie heiß die alle darauf sind. Und wir kriegen Kekse. Erbärmlich! Aber wen wundert's."

Herr K. hatte die Heckklappe seines Wagens geöffnet und warf seine Unterlagen hinein. Dann öffnete er den Gürtel seiner Hose, als Grothe, gefolgt von Laubinger und Schauer, laut tönend herankam:

"Ay, K., ist die Hose nass?"

Unbeeindruckt setzte sich K. auf die Ladefläche, zog seine Schuhe aus und streifte die Hose herunter.

"Was soll das werden?", schrie Laubinger und verfiel in schallendes Gelächter.

K. kramte unterdessen eine Jogginghose hervor: "Ich habe noch einen weiten Weg vor mir", sagte er, ohne aufzuschauen, "das ist dann bequemer."

"Ha, Du bist 'ne Marke", gellte Laubinger, "Hut ab, übrigens, den Chefs bist Du aber keine Antwort schuldig geblieben."

"Hat doch nichts gebracht", bemerkte Schauer nüchtern, "gegen die kommst du nicht an. Ihre eigenen Fehler interessieren die doch gar nicht."

"Ich glaube, da ist wohl was dran." Laubinger rieb sich das Kinn und grinste K. an. Schauer klopfte K. auf die Schulter: "Ich hoffe nur, Du hast es Dir nun nicht restlos mit Thrum und Kastanidis verscherzt."

"Wieso?" Henschel schaute ihn fragend an, während K. sich die Schnürsenkel band.

"Arschkriechen ist das Einzige, was die wollen, darum!"

"Arschkriechen? Bist Du etwa ein Kriecher? Ich jedenfalls nicht", empörte sich Grothe.

"Lass mal", sagte Laubinger, "ganz unrecht hat er nicht. Wir sagen doch alle Ja und Amen. Ich verstehe schon, was Schauer meint. Wenn Du denen ihre Fehler aufzählst, dann bist Du ganz schnell unten durch. Ganz schnell!"

"Man kann sich aber nicht alles gefallen lassen."

"Richtig, Henschel", bestätigte Laubinger lachend, "aber viel, sogar sehr viel. Die Herren werden immer bis an die Grenze des Erträglichen gehen. Weißt Du was? Mir geht das inzwischen alles am Arsch vorbei."

"Das glaubst Du doch selber nicht. Warum bist Du dann noch bei uns?" Henschel zündete sich unter vorgehaltener Hand eine Zigarette an und sah mit geneigtem Kopf zu Laubinger auf.

"Weil ich hier ganz gutes Geld verdiene. So einfach ist das. Dafür lasse ich mir in den Hintern treten. Aber das ist es ja gerade. Das macht mir nichts mehr aus. Ich setze mich gleich in mein Auto und beruhige mich, indem ich mir einrede, dass Arschtritte eben nicht umsonst sind. Mein Geld habe ich mir verdient. Wie, ist mir egal."

"Na, klingt da nicht Resignation heraus?", bemerkte Schauer nachdenklich.

K. hatte mittlerweile schweigend seine Hose gefaltet und erhob sich nun, die Heckklappe mit einem leichten Ruck schließend. Sein Blick streifte kurz Henschel, an dem er sich auf dem Weg zur Fahrertür vorbeizwängte, wobei er nur sagte:

„So, ich werde jetzt mal fahren."

"Ja, K.", sagte Henschel, "komm gut nach Hause. Wir können ja mal telefonieren."

"Ja, K., mach's gut", sagte Laubinger, "ich will dann auch mal." Grothe und Schauer murmelten ebenfalls einen Abschiedsgruß, als sich K. noch ein letztes Mal zu ihnen umdrehte.

Auf der Autobahn wurde Herr K. von Henschel begleitet, bis der am Gambacher Kreuz auf die A45 wechselte. Herr K. beobachtete seinen Kollegen eine Weile im Rückspiegel. Dabei achtete er darauf, dass sein Kopf geradeaus gerichtet war. Nur seine Augen schielten in den Spiegel. So konnte er Henschel für eine längere Dauer betrachten, ohne dass der, so glaubte K., Lunte roch. Für beide Seiten angenehmer, dachte er. Während der Eine sich allein fühlte - Henschel sang lauthals, das stand für K. fest, oder er brüllte ins Mobiltelefon, was Herr K. als eher unwahrscheinlich erachtete - brauchte der Andere sich nicht des Urteils bezichtigen zu lassen, ein neugieriger Fatzke zu sein.

Henschel ist ganz in Ordnung, urteilte indessen Herr K., eher ruhig und sachlich. Jedenfalls, wenn ich mit ihm alleine bin. Wenn Grothe dabei ist, dann ist er anders. Irgendwie nervend.

Als Henschel sich mit Lichthupe verabschiedete, was Herr K. mit einem Winken beantwortete, atmete er kräftig durch. Zwar hatte er Henschel im Auge behalten, doch wusste er nur zu gut: Nicht die Neugierde hatte ihn getrieben, nur das unangenehme Gefühl des verfolgt Werdens. Hatte er auch Henschel mehrmals durch unzumutbar langsames Fahren zum Überholen bewegen wollen, so war diese Provokation unbeachtet geblieben.

Es begann zu dunkeln und über die Wiesen und Felder beidseits der Autobahn breitete sich Nebel aus. Schwarze Wälder zeichneten sich schemenhaft dahinter ab. Am Horizont versank eine milchig rote Sonne und tröstete K. durch ihre Anmut in seinen trüben Gedanken.

Es hat nichts gebracht, dachte er und bestätigte damit Schauers Worte. Niemals bringt es etwas, wenn ich den Mund aufmache. Ich bin ein kleines Licht.

Und er dachte, dass alle einmal ein kleines Licht gewesen waren, und weiter, dass ein großes Licht aus vielen kleinen Lichtern erwächst. Der Mensch ist ein Herdentier, griff er die alte Weisheit auf. Gute Ideen scharen kleine Lichter um sich ebenso wie böse Ideologien es tun. Beispiele gibt es genug, dachte er. Ich bin eben ein kleines Licht, warum auch nicht?

Ihm ging durch den Kopf, dass Gefräßigkeit jedem Herrscher eigen ist: Die Gefräßigkeit nach Bestätigung. Wie ein Bankier in jedem verdienten Geldstück Bestätigung findet, so verhält es sich bei einem Ideologen mit seinen Getreuen.

Ich bin nun mal kein gefräßiges Tier, überlegte K. und dann fiel ihm ein, dass er lange nichts mehr gegessen hatte.

Aus dem Seitenfenster beobachtete er einen weit zurückliegenden Bergrücken, an den sich ein kleines Städtchen, wie ein Baby an seine Mutter, schmiegte. Der Höhenzug trug eine Corona von der dahinter untergehenden Sonne, und Herr K.

fuhr einen Rasthof an, weil er wusste, dass ein Steak ihm zuhörte. Immer zuhörte, und es verstand, seinen Magen und sein Herz zu besänftigen.

Frau Kolbe war eine nette, junge Frau Mitte zwanzig. Sie bewohnte im Herzen der Stadt eine kleine Wohnung, nicht weit von ihren Eltern, indes sehr fern ihres Freundes, der irgendwo studierte.

Sie erledigte ihre Arbeit zuverlässig auf charmante Art. Sie hatte ein braves unverdorbenes Äußeres, ein Engelsgesicht und trug eine schmucklose Brille, die ihre Kurzsichtigkeit ausglich.

K. sah sie vor sich, wie sie hinter ihrem Schreibtisch saß, Daten in ihren Computer eingab und nebenbei mit ihm plauderte. Jung und dynamisch. Sie hatte ihr Leben noch vor sich. Mein Gott, wie jung sie noch war, welche Chancen sie noch hatte mit einem Freund, dem nach seinem Studium eine viel versprechende Karriere bevorstand.

K. sah eine glückliche Familie mit zwei Kindern, die am Wochenende in der großen Küche ihres eigenen Hauses auf dem Lande beim Frühstück saß, während durch das große Fenster breites Sonnenlicht einfiel. Die Wirren der Zeit missachtend lachten und alberten da vier Personen, weil sie den Schatten nicht spüren mussten, der auf die Benachteiligten fiel.

Sie hatten ein Gewissen, Frau Kolbe und ihr Mann, das sah Herr K., und deshalb spendeten sie aus der Ferne für Flut- und Erdbebenopfer, für Hungerleidende, Blinde oder Kranke. Nichts aber konnte ihre Idylle trüben. Sie hatten den Olymp erklommen. Über den Wolken...

"Sie klingen so niedergeschlagen", sagte Frau Kolbe am anderen Ende der Leitung und riss Herrn K. aus seinen Gedanken.
"Klingt das so?", fragte K. zögerlich.
"Ich hatte so den Eindruck. Nun sagen Sie mal, wie kann ich Ihnen helfen?"
"Mir ist nicht zu helfen", versuchte Herr K. zu witzeln. Dann räusperte er sich und wurde ernst: "Frau Kolbe, ich habe ein Problem mit unserem Freund Greiner."
"Oh, nein", scherzte Frau Kolbe, "haben wir wieder Fracht berechnet, und er droht, bei der Konkurrenz zu kaufen? Zum hundertsten Mal?"
"Wer weiß, vielleicht auch das." K. fasste sich an die Seite. Er ließ das Fenster herunterfahren. Im Wageninnern wurde ihm zu eng. Die hereinströmende Luft brachte Linderung: "Nein, Greiner hat seine Ware noch nicht. Können Sie mir sagen, wie die verschickt worden ist?"
"Natürlich, Herr K., warten Sie mal." K. hörte Tippgeräusche, dann Frau Kolbes Stimme durch das Großraumbüro rufen: "Babsi, wann hat die Spedition gestern unsere Pakete abgeholt?"
"Scheiß Spedition", stieß Herr K. flüsternd hervor und schlug aufs Lenkrad, dass es vibrierte.
"Herr K.?"
"Ja."

"Ist gestern um siebzehn Uhr von der Spedition geholt worden. Soll ich mal hinterher rufen?"

"Ja, bitte, Frau Kolbe, ich benötige aber dringend Nachricht."

"Versteht sich, Herr K. Sobald ich etwas weiß, melde ich mich, einverstanden?"

"Was mache ich denn, wenn die Spedition heute nicht liefert?" K.'s Stimme klang heiser.

"Da können Sie nichts machen, Herr K. Dann kommt das Paket eben morgen. Nun warten Sie erst mal ab. Wahrscheinlich hat der Fahrer inzwischen geliefert und die ganze Aufregung war umsonst."

K. überlegte angestrengt. Sollte er die Bestellung von Herrn Meisel durchgeben? Oder lieber später noch einmal anrufen? Er war verwirrt.

"Kann ich sonst noch etwas tun?", fragte Frau Kolbe, die offenbar nichts aus der Ruhe brachte. Das erleichterte Herrn K. die Entscheidung. Er gab die Bestellung durch. Als er aufgelegt hatte, ging ihm immer wieder ein Satz durch den Kopf: "Da können Sie nichts machen, Herr K."

K. befand sich zu dieser Zeit auf dem Heimweg. Er wählte einen empfangsstärkeren Radiosender, als die Musik zu rauschen begann. Dort lauschte er einer Moderatorin, die einen Gast ansagte: Einen Schauspieler, der ihm bekannt war.

„Meine Damen und Herren, begrüßen Sie also nun mit mir Klemens Bein", schallte es in den Äther, worauf Beifall folgte.

„Herzlich Willkommen, Klemens Bein, in unserer Talkshow *Tolle Leute*, immer montags im Dritten. Bitte, nehmen Sie Platz."

Wieso Montag, dachte Herr K. Es ist doch nicht Montag. Ah, eine Aufzeichnung.
Ihm war nicht nach Talkshow, mehr nach Musik.
Bevor er aber umschalten konnte, zögerte er.

„Herr Bein, Sie sind der zu Zeit wohl angesagteste Schauspieler in unserem Land..."
Bin ich denn verrückt?
Nein, bist Du nicht.
Ich glaube aber doch. Was um alles in der Welt soll ich denn hier?

Wer quatscht denn da im Hintergrund?, fragte sich Herr K., ist das eine Sendestörung?

„Sie sehen sehr gut aus, ...", hörte er wieder die Moderatorin.
„Danke schön", antwortete der Schauspieler
„...sind ein Frauentyp, und..."
Lächle!
Mach ich doch! Aber es kotzt mich an ...
Sicher, es ist schön, bewundert zu werden...
Na, also, hab' Dich nicht so. Promotion!

Herr K. hing an den Worten, konnte sich keinen Reim daraus machen.

„„...überall, wo Sie erscheinen, liegen Ihnen die weiblichen Verehrerinnen zu Füßen."
Bla-bla. Total bescheuert. Und wenn's so ist, was soll das?
Lä-ächeln!

Das ist doch nicht möglich, sinnierte K., und dabei bleibt die Frau ganz ruhig?

„Wie gehen Sie damit um?"
„Nun, ganz so schlimm ist es..."
„Hi-Hi-Hiih, ... schlimm", die Gastgeberin lacht herzhaft.

Dann vernahm Herr K. eine Erzählstimme und wusste, dass er in einem Hörspiel gelandet war:

Sie lacht dermaßen, dass sie sich eine Träne aus dem rechten Auge wischen muss.
„Ha, das ist gut. Hi-Hi-Hiih,... Schlimm!"
„Sie wissen, was ich sagen wollte?"
Weiter lächeln!
Nichts weiß sie. Stress ist das. Nichts, als Stress. All diese hysterischen Weiber.
Na, hör mal.
Ist doch wahr.

Die Gastgeberin hat sich wieder gefangen. Ihr Lachen ist erloschen. So abrupt etwa, wie die Flamme eines Gasfeuerzeugs, wenn man das Ventil schließt.
Das staunende ‚O' der Lippen enthüllt ihre Verunsicherung. Dumme Entgleisung, denkt sie.
„Entschuldigen Sie bitte ...", presst sie gedämpft heraus.
Sieht ganz nett aus in ihrem braunen Kostüm mit der schwarzen Strumpfhose. Nicht schön ...
Das ist doch Geschmacksache.
Ja, doch, ... ich meine ja auch: Nicht schön, aber durchaus attraktiv. Ihr Lächeln ist ... bezaubernd? ... Ja, ... bezaubernd!
„...Fahren Sie doch fort."
Aber etwas doof ist sie.
„Was ich sagen wollte,... mit anderen Worten. Ganz so viele Frauen sind es nicht, die..."
„Nein?"
Warum muss sie mir immer ins Wort fallen? Mann, ist das dämlich.
„Nein!"
„Sie sollten mal den Vorderausgang benutzen."
„Oder so."
„Wie, bitte?"
„Schauen Sie, Frau Wiesmund,..."
Blöder Name. Knallrote Lippen. „...ich bin verheiratet, wie Sie wissen. Glücklich, wie ich betonen möchte."

Was redest Du denn für einen Senf?
„Schaut Ihre Frau heute zu?"
„Ja, bestimmt, aber was ich ..."
„Schöne Grüße."
Frau Wiesmund wedelt mit der rechten Hand in die Kamera. Auf dem Bildschirm blitzen ihre Zähne zwischen den vollen, feucht glänzenden Lippen.
Rote Lippen sind lebendig, aber auch verletzbar. Blutig. Ja. Sie senden Signale. Leuchten im matten, dezent gepuderten Gesicht.

Die Frau vor dem Fernsehgerät lacht sich fast schlapp. Was niemand sonst erkennt, sie weiß es mit Bestimmtheit: Ihr Mann denkt: Was ist die blöd. Ihr Mann ist der lächelnde Typ, der sich auf leichten Druck des Produzenten seines neuen Films zu diesem Live-Interview hat bequatschen lassen, wenn auch widerborstig, unwillig und mit einer Portion Wut im Bauch. Die Umstände hatten eine Konserve, eine Aufzeichnung nicht zugelassen. Der Sender aber hatte keine Bedenken gehabt, denn die erfahrene Frau Wiesmund ist ihr bestes Pferd im Stall - wie man so schön sagt.

„Was ich sagen wollte", die Kamera fährt dicht an den Gast heran. „Ich konzentriere mich auf meine Rolle. Ich versuche mich immer in meine Rollen einzuleben, verstehen Sie, ich versuche den Figuren, die ich spielen soll, so nah, als möglich zu sein. Das erfordert meine ganze Konzentration, viel Zeit. Es ist schön, wenn meine Arbeit durch Anerkennung honoriert wird ...Wir Schauspieler gebrauchen Anerkennung ...wie kleine Kinder, die immer nach Bestätigung suchen..."

Fuchtel doch nicht so mit den Armen, als wolltest Du Fliegen vertreiben.
Danke für den Tipp. Pass auf, gleich geht's los.
Was?
„Selbstverständlich nehme ich während meiner schöpferischen Pausen wahr..., na klar tu ich das, dass meine Fans überwiegend weiblich sind..."
Pass auf, jetzt.
Was denn?
„...ich erhalte sehr viel Post. Oftmals, ... wie soll ich sagen,..."

Der Gast hält inne. Lächelt verschmitzt. Frau Wiesmunds Augen glänzen, wie ihre Lippen. Sie hat das rechte Bein über das Linke geschlagen, so, wie es Frauen machen, damit sich die Augen der Betrachtenden nicht verirren. Ihren Oberkörper hat sie nach vorn gebeugt. Bedrohlich weit. Sie ringt um Fassung.

Ist die noch ganz bei Trost? Ich sehe schon die Schlagzeile vor mir:
Talkshow-Angela kippt vom Stuhl.
„...na ja, die Mädels wollen..."
Was macht die denn? Ist die besoffen?
„...na ja, Sie wissen schon."

Frau Wiesmund lehnt sich zurück.

„Ich verstehe", *sagt sie, und streicht sich erhitzt mit der Hand durch das blonde, halblange Haar. Auch Sie hat einen dieser Briefe geschrieben. Sie hatte ihre Lüsternheit darin ausgelebt, sich so richtig gehen lassen. Natürlich unter falschem Namen. Sie war in Schwärmerei verfallen, wie ein junges Mädchen, und sie konnte ihre Gefühle nicht abschütteln, wie man einen Bienenschwarm nicht abschütteln kann. Und schließlich wollte sie es nicht, weil sie sich nach Honig sehnte.*

„Jedenfalls lesen meine Frau und ich die Briefe gemeinsam. Wir amüsieren uns köstlich, das können Sie mir glauben…"

Frau Wiesmunds Oberkörper strebt wieder nach vorn, während die Kamera den Gast in Großaufnahme zeigt. Sie ist erleichtert, die Telefonnummer einer eingeweihten Freundin angegeben zu haben, nicht ihre eigene, aber…
Die Frau vor dem Fernseher stutzt, und sieht ihrem Mann in die Augen. Du bist ein Schelm, denkt sie. Die Idee mit den Briefen ist gut…sogar sehr gut. Mein Lieber, wir sollten sie gemeinsam lesen.
Er spricht ganz ruhig in die Kamera:

„Die vielen schönen Briefe animieren uns. Unser Liebesleben gewinnt dadurch unheimlich…"

Ein dumpfer Knall. Frau Wiesmund ist vom Stuhl gekippt.

„...an Leben."
Die Kamera bleibt auf den Gast gerichtet, der Kameramann steht unschlüssig dahinter. Er schaut belämmert aus der Wäsche, glotzt, wie aus einer anderen Welt. Aufgeregte Mitarbeiter kümmern sich um Frau Wiesmund, die von Ohnmacht befallen ist. Dann folgt die eindeutige, knappe Anweisung der Regie: Abbruch.
Auf dem Bildschirm erscheint das Zeichen des Senders. Die Frau hat begriffen. Sie hatte den Worten ihres Mannes gelauscht. Dann dieses mysteriöse Geräusch, wie ein Hammerschlag. Kurz und unwiderrufbar. Stille! Ihr Mann hatte den Kopf nach links geworfen, während er seinen Satz beendete:
„...an Leben."
Leiser jedoch. Geschockt? War etwas geschehen, was er nicht erwartet hatte? Sicherlich. Die Frau prustet laut los.

Du kannst dein Lächeln abschalten!
Warum stellt sie denn so dämliche Fragen?
Warum?...Warum hast Du das gemacht?
Ich?
Ja, Du?
Hast Du gesehen, welche Macht ein guter Schauspieler hat?
...
Sag was

...
Beleidigt, häh?
...

Etwa um siebzehn Uhr zwanzig, als Herr Thrum sich von seiner Sekretärin die Umsatzzahlen des Tages durchgeben ließ, fuhr Herr K. an den Straßenrand. Er war zehn Minuten von zuhause entfernt. Bis zur letzten Minute war er im Ungewissen geblieben, ob Greiners Ware angekommen war. Greiner hatte sich nicht gemeldet, und K. drückte sich bis um sechzehn Uhr fünfundvierzig. Dann hatte sein Telefon geklingelt. Es war Frau Kolbe:
"Sehen Sie, Herr K., Herrn Greiners Ware ist eingetroffen."
"Wirklich, Frau Kolbe? Woher wissen Sie das?"
"Herr Greiner hat soeben noch eine Bestellung durchgegeben. Da habe ich ihn gefragt."
Herr K. rieb sich mit der Hand über das Gesicht. Seine Augen brannten. Die Dämmerung war schon fortgeschritten und heftiger Regen hat-te eingesetzt. K. sah die Rücklichter der vorausfahrenden Fahrzeuge nur verschwommen, denn die Wischerblätter hinterließen auf der Scheibe einen schmierigen Film.
"Was hat Greiner gesagt?", wollte Herr K. wissen.

"Die Ware war um eins da. Sonst hat er nichts gesagt. Hat sich wohl beruhigt, der Herr Greiner."

"Dieses Arschloch!"

"Nana, Herr K., welch schlimme Worte aus Ihrem Mund."

"Arschloch, sage ich. Beschwert sich, als hätte ich wer weiß was verbrochen, aber wenn alles zufrieden stellend verläuft, kommt kein Wort des Dankes."

"Rufen Sie ihn doch mal an, Herr K."

"Ja, Frau Kolbe, das werde ich machen."

Herr K. verabschiedete sich von seiner Kollegin, nicht ohne sich bei ihr für die Nachricht bedankt und ihr einen schönen Abend gewünscht zu haben.

Herr K. rief nicht bei Greiner an. Schwindel befiel ihn, deshalb war er an den Straßenrand gefahren. K. dachte an seine Frau, die gerade mit der Zubereitung des Abendessens beschäftigt sein würde. Der Schmerz in seiner linken Brust wurde unerträglich. K. kurbelte hastig das Fenster herunter, denn er schwitzte und litt an Atemnot. Zudem machte sich Angst in ihm breit, eine Angst anders als sonst.

K. stöhnte: "Anna!" Leiser: "Anna..."

Thrum war indes mit dem Tagesumsatz ganz zufrieden. Auch K.'s Umsatz konnte sich sehen lassen. Er überlegte, ob er ihn anrufen sollte. Zunächst aber gab er seiner Sekretärin das Zeichen, dass sie Feierabend machen könne, dann wählte er K.'s Nummer. Niemand meldete sich.

"K., jetzt will ich Sie einmal loben", sprach er in den Raum, "und Sie gehen nicht ran."

Thrum ordnete die Unterlagen auf seinem Schreibtisch und machte sich zum Gehen bereit. Auf ihn wartete noch ein Geschäftsessen mit dem Verkaufsmanager eines Lieferanten.

Als Anna K. um halb sieben am gedeckten Tisch saß und der Dampf der Kartoffeln verflogen war, da war sie sehr ungehalten. Ihr Mann hatte nicht angerufen, dass er später kommen würde. Er hatte es wohl wieder einmal vergessen.

Ist Dir meine Mühe denn so gleichgültig? Immer geht Dein Geschäft vor, dachte sie und schaltete den Fernseher ein.

Um halb Acht begann sie sich Sorgen zu machen. Sie überlegte, was sie tun könne und erinnerte sich an K.'s Visitenkarten, die neben dem Telefon lagen. Darauf stand die Nummer der Firma, die sie nun wählte. Das Tuten in der Leitung war geduldig und unerbittlich. Wer sollte um diese Zeit noch in der Firma sein, fragte sie sich, einhundertfünfzig Kilometer entfernt. Wo ist er heute eigentlich hin? Verdammt, warum sagt er mir nie etwas? Was weiß ich schon über seine Arbeit? Nichts!

Anna K. betrat ihres Mannes Arbeitszimmer und begann in seinen Unterlagen zu stöbern. Sie war von der Hoffnung getrieben, etwas zu finden, das Aufschluss über seinen Tagesplan geben könnte. Den Terminkalender hatte ihr Mann offensichtlich mitgenommen. Aber sie fand eine Notiz über einen Kunden in Paderborn. Konnte er dort sein? Oder gewesen sein? Ach, was, wahrscheinlich würde er jeden Moment vorfahren. Anna beschloss, nicht mit ihm zu schimpfen. Sie wollte sich bereits vom Schreibtisch abwenden, da fiel ihr eine Telefonnummer auf, die ihr Mann ganz unten in der Ecke des Notizzettels hingekritzelt hatte. Sie hielt inne.

Unentschlossen starrte sie auf das Telefon. Zögernd nahm sie den Hörer in die Hand und wählte die Nummer. Sofort legte sie wieder auf und tippte sich an die Stirn:

Manchmal bin ich etwas blöd, schimpfte sie mit sich selbst. In ihrer Unruhe hatte sie völlig vergessen, dass sie ihren Mann auf seinem Mobiltelefon anrufen konnte; eine Möglichkeit, die sie nur selten nutzte, da sie wusste, dass er es nicht gern hatte. Ein Hoffnungsschimmer keimte in ihr auf.

Du dumme Kuh, schalt sie sich, warum hast du nicht gleich daran gedacht.

Anna kramte erneut die Visitenkarte ihres Mannes hervor. Da sie ihn nur selten anrief, hatte sie seine Nummer nicht im Kopf, und hätte sie ihn öfter angerufen, dann wahrscheinlich ebenso wenig. Anna K. hatte keinen Sinn für Zahlen, auch nicht für Technik und folglich keinen für Telefonspeicher.

Während des Abendessens erzählte sie Herrn K. für gewöhnlich von ihrem Tagesgeschehen. K. hatte niemals viel zu erzählen. Er hörte geduldig zu, gab selten kurze Kommentare, lächelte verständnisvoll, derweil er kaute. Verabredungen mit

Bekannten arrangierte Anna K., auch Kino- oder Theaterkarten besorgte sie.

K. war, was das anging, sehr nachlässig geworden. Anna zweifelte aber niemals an seiner Liebe zu ihr. Er war ihr gegenüber immer sehr freundlich und nahm sie gern in die Arme.

Aber, ...warum bist Du nur so schweigsam geworden? grübelte sie.

Sie erinnerte sich, dass er zuerst so stolz und euphorisch gewesen war, nachdem er die Stelle im Außendienst angetreten hatte. Anna hatte sich mit ihm gefreut. Ihr Mann hatte gesagt: "Nun werde ich doch nicht als Drucker alt, meine Liebe. Dein Mann kommt nicht mehr mit Farbgeruch in der Kleidung heim. Na, was sagst Du, ist das nicht schön? Eigener Firmenwagen, und mehr Geld, ...ja, Anna, freust Du dich?"

Anna war beinahe stolzer gewesen als ihr Mann. Manchmal, erinnerte sie sich, hatte sie sich dabei ertappt, wie sie bei ihren Freundinnen mit ihm angab.

Sechs Jahre lag das zurück. War ihr Mann bis dahin als lustiger Geselle geschätzt gewesen, so schwamm er fortan geradezu auf einer Welle höchsten Glücks. Das Leben schien zu verlaufen wie er es für sich erträumt hatte.

Ach, das waren schöne Jahre, seufzte Anna, die schönsten ihrer Ehe. Dann aber, vor etwa einem Jahr war er stiller geworden, nachdenklicher. Er hatte sich zusehends mehr in seine Arbeit vertieft. Auch erzählte er zuhause weniger, und wenn Anna ihn darauf ansprach, wich er aus.

Sie erschrak bei dem Gedanken, dass sein Gesicht in den letzten Monaten eingefallen war. Seine Haut hatte die Fahlheit des Alters angenommen, doch was sollte Anna in ihn dringen, wo doch die Antworten auf ihre Fragen leer bleiben würden. Sie konnte ihrem Mann nichts vorwerfen. Er benahm sich korrekt und war warmherzig.

Anna kämpfte mit leisen, warmen Tränen, die sie schnell wegwischte. Sie holte ein Taschentuch und schnäuzte sich die Nase.

- 10 -

Der silbergraue Combi stand in der Dunkelheit am Fahrbahnrand. Durch das geöffnete Fenster der Fahrerseite schrillte das Klingeln des Telefons in den Regen hinaus und fand nur das Gehör eines Radfahrers, der fluchend vorbeifuhr, weil der Wagen den halben Radweg blockierte. Im Vorbeifahren drehte er sich um, konnte aber im dunklen Innenraum des Wagens niemanden erkennen. Verärgert schüttelte er den Kopf und dachte: Warum geht der denn nicht ran?

Als er wieder nach vorn sah, konnte er gerade noch den Lenker nach links reißen, um einen Sturz in den Graben zu verhindern. Wütend kam der durchnässte Mann zum Stehen. Das Wasser lief ihm in den Kragen und seine Oberschenkel waren von der durchnässten Hose eiskalt:

"So eine Scheiße! Alles wegen diesem Penner. Na, warte", tobte er und stellte sein Fahrrad ab. Dann drehte er sich um, stemmte seine Fäuste in die Hüften und stand dort mit drohendem Blick im Regen. Die vorüber fahrenden Fahrzeuge waren Zeugen der verstreichenden Zeit, wie ein Sekundenzeiger. Der Mann fixierte den Punkt der Windschutzscheibe, hinter dem er das Gesicht des Fahrers vermutete. Als er einige Zeit verharrt hatte, ohne eine Reaktion zu erfahren, ging er vorsichtig auf das Licht der Scheinwerfer zu. Der laufende Dieselmotor surrte gleichmäßig und unheimlich, sodass der Radfahrer kurz innehielt.

Plötzlich war seine Wut verflogen. Er ahnte, dass hier etwas nicht stimmte und lugte durch das Fenster an der Beifahrerseite. Entweder schlief der Fahrer mit offenem Mund und weit aufgerissenen Augen, oder, und das schien wahrscheinlicher: Er war tot.

- 11 -

Herr Thrum war in seinem Element. Er genoss diese Geschäftsessen auf Kosten der Firma, fühlte sich wohl in der Gesellschaft von Entscheidungsträgern und scherzte seinem Gegenüber, einem Belgier mit tief liegenden, dunklen Augen und der Statur eines Brauereipferdes, mit einem Anflug von Arroganz zu:

"Herr van Ceulen, Ihr Bier in Belgien mag stärker sein, aber das Reinere haben wir. Sie werden mir nicht widersprechen." Thrum lachte laut auf. Er nahm sein Glas in die Hand, betrachtete bedeutungsvoll die schäumende, goldgelbe Flüssigkeit und fuhr fort: "Aber, Herr van Ceulen, das neue Produkt, das Sie mir bemustert haben, ist gut, sogar sehr gut und unvergleichbar. Lassen Sie uns darauf anstoßen."

Herr van Ceulen ergriff ebenfalls sein Glas und zwinkerte Thrum zu: "Wenn ich Sie 'aben verstanden richtig, Herr Thrum, kommen wir ins Geschäft?"

Herr Thrum war ein Stratege. Er wollte auf der einen Seite das neue Produkt, dass er im Sortimentsausschuss bereits so gut wie genehmigt bekommen hatte, doch hatte er sich zur Gewohnheit gemacht, sich seine Leistungen vergolden zu lassen - an der Firma vorbei. Bewusst hatte er den Belgier in gute Stimmung versetzt, um ihn nun wieder zu beunruhigen:

"Sehen Sie, mein lieber Herr van Ceulen,- ...oder darf ich Rob zu Ihnen sagen?"

Der dicke Belgier nickte zustimmend, was Herrn Thrum veranlasste, sein Glas erneut zu erheben und anzustoßen:

"Na, prima", sagte er, "dann nennen Sie mich doch bitte Helmut." Sie tranken und sahen sich eine Weile schweigend an. Als Herr Thrum glaubte, Herrn van Ceulen genügend Zeit zum Überlegen gegeben zu haben, setzte er neu an:

"Was ich Ihnen sagen möchte, Rob, ist, dass ich das leider nicht allein zu entscheiden habe. Jedes neue Produkt muss zunächst in unserem Sortimentsausschuss genehmigt werden. Da spielen mehrere Faktoren eine Rolle. Sicher ist die Qualität wichtig, doch müssen wir ebenso davon überzeugt sein, dass ein Markt vorhanden ist. Nun kann ich Ihnen versichern, dass ich nicht an Sie herangetreten wäre, hätte ich mir darüber nicht bereits Gedanken gemacht. Leider scheitert aber die Aufnahme der meisten Neuigkeiten einfach daran, dass wir zu wenig daran verdienen. Ich will es ganz deutlich sagen: Am Einkaufspreis."

Als Herr van Ceulen erwidern wollte, gebot ihm Herr Thrum mit erhobenem Finger Einhalt: "Was meinen Sie, hätten Sie denn, was den Preis betrifft, überhaupt noch Möglichkeiten?"

Nun machte der Belgier etwas, was Herr Thrum vorausgesehen hatte, weil er ihn genau in diese Richtung geschubst hatte. Er begann, von Äpfeln und Birnen zu reden, von Pferdefuhrwerken und Automobilen, von analog und digital, kurzum, er redete über Qualität: Er redete um den heißen Brei herum. Hatte er doch Herrn Thrums schwärmerische Worte noch im Kopf, so meinte er, der Versuch, den Preis über die Qualität zu rechtfertigen, sei angebracht. Nun war Herr Thrum nicht sicher, ob sein Gegenüber in die ausgelegte Falle getappt war, oder ob er wusste, worauf Herr Thrum hinaus wollte. Doch das war eins, denn das Gespräch verlief in die erwünschte Richtung:

"Ich verstehe, Rob. Glauben Sie mir, ich bin auf Ihrer Seite, aber das wird ein schweres Stück Arbeit. Unglücklicherweise habe ich derzeit im Ausschuss einen schweren Stand. Versuchen will ich es natürlich, aber was daraus wird..."

"'elmüt, wann tagt denn Ihr Sortimentsausschuss?" Herr van Ceulen hatte sich inzwischen eine Zigarre angezündet, nachdem Herr Thrum dankend abgelehnt hatte. Er lehnte sich auf seinem Stuhl zurück und blies den Rauch genüsslich in die Luft.

"Bereits nächste Woche, am Dienstag."

"Ganz ausgezeichnet, 'elmüt", lachte Herr van Ceulen und schlug sich auf den Schenkel, "ich bin überzeugt, Sie werden schaffen das."

"Ich möchte Sie an meine derzeitigen Schwierigkeiten erinnern."

"No, no, 'elmüt, was Sie reden immerzu von Ihre Schwierikkeiten. Gehen Sie durch Ihre Schwierikkeiten und ich will belohnen Sie mit eine

Reise, eh, zusammen mit Ihre Madame, eh, Malediven, Trinidad, Barbados oder wo Sie willen hin gern. Eh, 'elmüt?" Herr van Ceulen beugte sich vor und legte seine fleischige Hand auf Herrn Thrums Unterarm. Der spielte seine Rolle weiter bravourös, setzte ein skeptisches Lächeln auf und meinte:

"Ich werde es versuchen, Rob."

"Ausgezeichnet, 'elmüt. Wir verstehen uns."

"Allerdings, Rob, einen Bonus müssen Sie mir gewähren, der muss drin sein."

Nach einer kurzen Pause hob Rob van Ceulen sein Glas: "Na, 'elmüt, das sich 'ört ganz prima an. Fünf Prozent ab, na, sagen wir, ab vier Millionen per Jahr. Zum Wohl."

- 12 -

Am folgenden Dienstagmorgen schlug Herr Kastanidis den Kragen seines schwarzen Wollmantels hoch, als er den Friedhof der katholischen Gemeinde Sankt Michael im kleinen Städtchen B. im Weserbergland betrat. An den Händen trug er handgenähte Lederhandschuhe. Während der Nacht hatte es den ersten Frost gegeben. Der Himmel war grau, doch es war trocken.

Das gefällt mir gar nicht, dachte er und atmete tief aus, als er sich auf die Kapelle zu bewegte. Sie bestand aus einem ziemlich schlichten Gebäude, aus Sandstein gemauert. An eine runde kleine Halle, in der die Toten aufgebahrt wurden, drängte sich ein zehn Meter langer Anbau mit drei Kühlkabinen. Die hölzernen Flügel der Hallentür standen weit geöffnet. In ihrem Innern bot die Halle so wenig Platz, dass einige Trauernde vor der Tür stehen mussten. Herr Kastanidis reihte sich lautlos ein und nickte den fremden Leuten, die sich neugierig nach ihm umsahen, zur Begrüßung zu.

Die Menschen wunderten sich über diesen gepflegten Fremden mit dem halblangen glatten Haar, der so gar nicht zu ihnen passen wollte; Ihnen in ihren einfachen schwarzen Trachten, mit Fingernägeln, unter denen sich noch Dreck von der Arbeit fand. Im Stillen mutmaßten sie, dass es sich bei dem Fremden um K.'s Chef handeln musste, weil Anna seine Teilnahme einer Freundin verraten hatte, die es wiederum beim Fleischer ausposaunt hatte, von dem es dann die Kundschaft erfahren hatte.

Die Männer beobachteten verstohlen diesen Herrn im besten Alter, der nicht zu erkennen gab, ob er ihre Blicke bemerkte.

Kastanidis spähte über die Schultern der vor ihm Stehenden in die Kapelle hinein. Das Licht darin war gedämpft. Er versuchte, K.'s Witwe zu erkennen und wanderte mit den Augen die Personen der ersten Reihe ab. Die Bänke waren durch einen Mittelgang getrennt und Kastanidis registrierte, dass die von ihm aus betrachtet linke Seite nur von zwei Frauen und einem Mann besetzt war. Die eine der Frauen saß zusammengesunken, den Blick nach unten gerichtet, am Mittelgang.

K. hatte keine Kinder, was ihm aus der Personalakte bekannt war, die er vor seiner Abreise noch einmal studiert hatte, also folgerte er, dass diese die Witwe sein musste, mit der er nur einmal gesprochen hatte, vorgestern, am Telefon, um ihr seine Anteilnahme auszudrücken und sich nach Ort und Zeitpunkt der Begräbnisfeier zu erkundigen.

Frau K. war ihm ziemlich gefasst erschienen, jetzt aber, wo es galt, endgültig Abschied zu nehmen, wirkte sie zerbrochen und allein. Das Paar neben mochten enge Angehörige sein, vielleicht ihr Bruder mit seiner Frau. Sie saßen bewegungslos und starrten auf den Sarg aus heller Eiche, auf dessen Deckel ein großes Kreuz aus Messing prangte. Am Fußende hatte der Gärtner ein Blumengesteck aus Rosen platziert und an den Flanken die Kränze und Gestecke. Kastanidis fand den Kranz der Geschäftsleitung in vorderster Reihe, daneben einen weiteren Kranz der Mitarbeiter. Er befand ihre Üppigkeit für angemessen.

Plötzlich erklang hinter Kastanidis ein zartes Geläut. Gemeinsam mit den Männern im Eingangsbereich schuf er eine Lücke, um den Ministranten und dem Priester den Weg in die Kapelle freizugeben. Augenblicklich verstummten die monotonen Stimmen der Trauernden in ihrem Rosenkranzgebet. Der Priester verharrte in kurzer Andacht vor dem Sarg, flankiert von den beiden Ministranten, deren einer die Weihrauchkugel schwenkte.

Kastanidis sah sich kurz um und prüfte den Himmel in dem Augenblick, als die Sonne durch die Wolken spähte.

Na, das mag gut gehen, dachte er.

Der Priester hatte sich zu den Trauernden umgewandt und begann die Zeremonie, die Kastanidis missmutig verfolgte. Er hielt nichts von diesem Brimborium. Warum die Qualen noch verlängern? Zum Erreichen eines ewigen Lebens im Paradies, falls es ein solches geben sollte, konnten die Hinterbliebenen sicher nichts mehr beisteuern, so empfand er.

Der Priester setzte zu einer kurzen Reise durch K.'s Leben an, und Kastanidis lauschte mit zunehmender Neugier.

Was weiß ich eigentlich von unseren Mitarbeitern, fragte er sich und erschauderte bei dem Gedanken an die Geringfügigkeit seines Wissens. Er erkannte, dass sie Menschen waren, die weinten und lachten, Leid erfuhren wie Freude, Gefühle hatten, Blut in ihren Adern, wie er selbst.

Kastanidis sah sie um sich versammelt und verspürte Beklemmung, weil alle miteinander schwatzten, während er isoliert zwischen ihnen stand, wie ein Fremder.

Hatte ihn ihr Leben außerhalb des Berufes jemals interessiert? Diese private Angelegenheit, die ihn nichts anging? Das fragte er sich und: Ging ihn das Privatleben seiner Leute wirklich nichts an, konnte er seiner Fürsorgepflicht Genüge tun, ohne sich jemals nach ihrem Wohlbefinden zu erkundigen?

"...Herr K. ging nach seinem Realschulabschluss in eine Druckerlehre", hörte Kastanidis den Priester erzählen, "nach deren Abschluss er vom Betrieb übernommen wurde. Herr K. machte sich durch Fleiß und Loyalität sehr schnell beliebt. Vom Faulenzen hielt er nichts. Er ist wohl in seiner Arbeit aufgegangen...", sagte der Priester und schaute zu Anna K. herüber, als wollte er sich bestätigen lassen, dass die ihm gegebenen Informationen richtig wiedergegeben waren. Sie nickte zustimmend, wobei sie mit einem Taschentuch eine Träne aus dem Auge wischte.

"...obwohl der Beruf des Druckers nicht das gewesen war, was er für sich ersonnen hatte. Seine Schulbildung hatte nicht für ein Studium ausgereicht. Die Mutter hatte ihm nach dem frühen Tod des Vaters nicht den Besuch eines Gymnasiums ermöglichen können."

Kastanidis dachte an seine Jugend in München. Er hatte alle Möglichkeiten gehabt. An Geld hatte es in seiner Familie nie gefehlt. Sein Vater war mit der Leitung eines Großhandels für die Ausstattung von griechischen Restaurants betraut gewesen, derer sich zu der Zeit viele in Deutschland breit machten. Auch heute noch stand ihm sein greiser Vater so manches Mal mit weisem Rat zur Seite, wenn es galt, ein berufliches Problem zu lösen.

K. war den Worten des Priesters nach ein gläubiger Mensch gewesen.

Vielleicht hat er sich aus der Not heraus an Gott gewandt, überlegte Herr Kastanidis. Wer weiß, was ich ohne Vater getan hätte.

Das übertraf seine Vorstellungskraft und Bitterkeit überkam ihn, als ihm bewusst wurde, dass K. sich in sein Los hatte fügen müssen. Ihm war das Leben diktiert worden. Und dennoch war er liebenswert gewesen. Mit Ernüchterung erwog er, dass Freundlichkeit wohl eher eine Tugend der benachteiligten Intelligenz ist, weil sie für den

Benachteiligten eines der wenigen Instrumente des Erfolges darstellt.

Herr Kastanidis war verwundert, dass K. einigen Vereinen angehört hatte, denn er kannte ihn als stillen, introvertierten Menschen. Den Drang nach Geselligkeit hätte er ihm nicht zugetraut. Vielleicht, so dachte er, hatte K. im Vereinsleben einen Ausgleich für die wahrscheinlich unerwünschte Kinderlosigkeit gesucht. Kastanidis fragte sich, ob Herr K. keine Kinder hatte zeugen können.

"Das Ehepaar K. hätte in fünf Monaten seinen fünfundzwanzigsten Hochzeitstag gefeiert. Die Familie K. hätte gern Kinder gehabt, aber Gottes Wille war offenbar andersartig. Herr K. hat niemals geglaubt, dass Gott ihm keine Kinder gönnte und so wurde manches Mal über die Möglichkeit nachgedacht, ein Kind zu adoptieren. Nun, Gottes Wille ist unergründbar, meine lieben Trauergäste. In den Zeiten der Entscheidung versperrten Schicksalsschläge den Weg: Zunächst Frau K.'s schwere Erkrankung vor sechzehn Jahren, die eine Adoption nicht zuließ, drei Jahre später Herrn K.'s Autounfall, der ihn hatte erkennen lassen - als er nach einer Woche aus dem Koma erwacht war - wie abrupt das irdische Leben zu Ende gehen kann. Es hat sechs Jahre gedauert, bis Anna K. ihn nochmals für eine Adoption hat begeistern können", und dabei sah der Geistliche die Witwe tröstend an, die seinen Blick starr erwiderte und darüber grübelte, ob diese Informationen nicht doch lieber verschwiegen worden wären, aber sie hatte sie dem Priester frei heraus angegeben mit dem ausdrücklichen Wunsch, nichts auszulassen. Sollten die Leute, und es waren wohl nur Wohlgesonnene anwesend, ruhig erkennen, dass ihr Leben nicht immer in gerader Spur verlaufen war. Sie und ihr Mann hatten so viele Hürden gemeinsam übersprungen und gerade diese Hürden waren so wertvoll für ihre Beziehung gewesen. Gute Freunde erkennt man in Zeiten der Misere, und sie waren gute Freunde gewesen. Im Gedenken daran traten Frau K. nun wieder Tränen in die Augen.

"Dann wurde Herr K. arbeitslos", fuhr der Geistliche fort. "Selbst dieses Ereignis hatte seinen Lebensmut nicht erschüttern, jedoch den Mut vertreiben können, die Verantwortung für ein kleines Kind zu übernehmen..."

Frau K. schluchzte leise und hob ein Taschentuch an ihre Augen. Kastanidis sah, wie der Mann an ihrer Seite behutsam den Arm um sie legte. Der Priester räusperte sich verlegen. Er schielte zur Witwe K. hinüber, unsicher, ob er fortfahren sollte. Er hatte diese emotionale Reaktion vorausgeahnt, doch die von ihm abgefasste Vita des Verstorbenen hatte nicht das Einverständnis der Witwe gefunden. Sie hatte sich die Erwähnung aller Einzelheiten gewünscht.

Pfarrer Emken wusste, dass Hinterbliebene sich an Erinnerungen festklammern. Sie kehren in die Vergangenheit zurück, weil die greifbar ist. Die

Illusion, wieder mit dem Toten zusammen zu sein, gibt ihnen Kraft, denn eine Zukunft gibt es nicht. Selbst eine gläubige Frau wie Anna K. mochte im Augenblick des vorläufigen Abschieds nicht an das Himmelreich glauben. Immer aber, dachte er, bewegen sie sich auf der Schwelle zwi-schen Scheinwelt und Wirklichkeit. Mit einem Auge lachen sie, während sie sich erinnern, mit dem anderen aber weinen sie in ihrer Ausweg-losigkeit. Gott hat uns deshalb mit zwei Augen ausgestattet, so wusste Pfarrer Emken, damit wir alles von zwei Seiten betrachten können, Glück und Leid gleichzeitig empfinden können, denn nur das Kennen des Leids macht das Glück zu dem, was es ist, einer günstigen Fügung des Schicksals. Es steht über dem Verstand. Tränen sind ein gottgegebener Trost. Die Kinderlosigkeit musste das größte Leid des Ehepaares K. gewesen sein. All das ging der Priester beim Anblick der Witwe durch den Kopf.

Kastanidis unterdessen war unentschlossen, was er denken sollte, und mit ihm wohl die Trau-ergäste. Alle waren erfüllt von aufrichtigem Mit-leid für die gebrochene Frau in Schwarz, erahnten die Qual, die die Worte des Geistlichen für sie be-deuteten. Andererseits waren alle - und besonders Kastanidis, der erkannte, dass K. für ihn bislang nur ein Anonymus gewesen war - begierig, mehr aus K.'s Leben zu erfahren.

Und wollte nicht auch Frau K. noch einmal alles erfahren, war es nicht schließlich ihr Wunsch gewesen, dass nichts unerwähnt bliebe?

K. lag da vorne in seinem Eichensarg. Wer es glauben mochte, dachte vielleicht, dass er von oben auf seine Trauerfeier herabsah. Kastanidis erschien das unwahrscheinlich.

Er dachte an Kostas, den getigerten Kater, den er seit vier Jahren beherbergte. Eines Tages hatte er vor seiner Haustür gestanden und etwas zu essen gefordert. Als der junge Kater nach zwei Wochen immer noch keine Anstalten gemacht hatte, zu seiner Familie zurückzukehren, hatte Kastanidis ihn auf Bitten seiner Frau aufgenommen. Zu dem Zeitpunkt war sein Bruder acht Wochen tot gewesen. Und als der Kater begann, ihn in seinem Verhalten an den Bruder zu erinnern, dämmerte es Kastanidis, dass die Möglichkeit der Reinkarnation - was das Fortbestehen nach dem Tod betrifft - vielleicht die wahrscheinlichste aller Möglichkeiten war. Kastanidis glaubte nicht an Zufälle, und so verankerte sich der Glaube, sein Bruder habe seine Familie wieder gefunden. Er hatte sich gefreut, seinen Bruder in der Gestalt eines Katers zu sehen, da er das Katzenleben als angenehm erachtete. Seine neugeborene Erkenntnis hatte Herr Kastanidis für sich behalten, außer dass er den Kater nach seinem Bruder benannt hatte.

Als die Träger den Sarg auf einen mit schwarzem Tuch bespannten Karren abgestellt hatten, setzte sich der Leichenzug in Richtung Grabstätte in Bewegung. Herr Kastanidis hatte sich gleich nach den Verwandten eingegliedert. Neben ihm flüsterte ein Teenager in Jeans und schwarzer Windjacke einem Mädchen etwas ins Ohr. Die Frau vor ihm drehte sich um und maßregelte den Jungen mit düsterem Blick. Das Flüstern verstummte und Herr Kastanidis atmete den frischen Wind tief durch seine Nase ein. Unter den Füßen knirschte feiner Kies eine kalte Melodie. Von der weit entfernten Straße war das Horn eines Unfallwagens zu hören und es erinnerte Kastanidis an den harten Alltag außerhalb der Friedhofsmauern. Seine Gedanken richteten sich auf den Konzern, auf die Geschehnisse der zurückliegenden Tage, auf den Sortimentsausschuss, der heute ohne ihn tagte, und dessen Vorsitz er Herrn Thrum überlassen hatte, was ihm unheimlich war; aber Herr Thrum war sein Stellvertreter, daran ließ sich nichts ändern.

Seltsam, dachte er, die letzten Minuten hatte ich das Tagesgeschäft völlig vergessen. Ich sollte öfter zu Begräbnissen gehen.

Aus einem Quergang starrte eine alte Frau herüber. Sie hatte ein Kopftuch um ihre Frisur gebunden, trug einen grauen Fischgrätmantel und in der linken Hand eine Gießkanne. Ihr Blick war steinern, irgendwie undeutbar.

Herr Kastanidis dachte selten über den Tod nach, hier aber lauerte er an jeder Ecke, unsichtbar, aber spürbar. Im Wind, im Gestein der Mauern, im Blattwerk der Büsche und Bäume, ja, selbst im Gesicht dieser Frau zeigte er seine verwegene Fratze.

Wer ist sie? fuhr es Kastanidis durch den Kopf. Ihn fröstelte. Der Leichenzug bog links ab. Nun konnte Herr Kastanidis die Sargträger beobachten, die zwischen sich den Wagen schoben, die Oberkörper gegen den Wind gebeugt. Dann geschah etwas Unvorstellbares: Kastanidis spürte, wie seine Augen feucht wurden.

In dem Sarg liegt K., dachte er atemlos, ich werde ihn nicht mehr sehen, nicht mehr sprechen, niemals. Ich würde ihm gern erzählen, dass er seine Arbeit gut gemacht hat. Verdammt, K., niemand hat von Ihnen verlangt, dass Sie sich fertig machen sollen. Das hat doch niemand gewollt.

Mit dem Handschuh wischte er sich die Augen trocken. Er war nicht mehr der Souverän. Er war nur noch traurig und erschüttert.

Frau K. stand in einiger Entfernung zum Grab. Sie wurde von ihrem Bruder gestützt. Daneben stand die Schwägerin und blickte benommen zu Boden.

Die Trauergemeinde zog in träger Bewegung an ihr vorüber, im Vorbeigehen der Witwe ihr Beileid bekundend. Dann stand Herr Kastanidis vor Frau K.

Mit angedeuteter Verbeugung stellte er sich vor: "Meine liebe Frau K. Mein Name ist Kastanidis. Angelos Kastanidis." Er räusperte sich: "Der plötzliche Tod Ihres Mannes geht allen Kol-legen und auch mir sehr nah. Sie haben mein aufrichtiges Beileid. Frau K..., also..., falls ich irgendetwas für Sie tun kann...?"

Anna K. blickte ihn aus verweinten Augen an. Sprachlos. Ihr Bruder tippte sie an:

"Anna?" Nach einigem Zögern reagierte sie:

"Herr Kastanidis", sagte sie, "kommen Sie doch auch bitte zur Kaffeetafel. Ich möchte Sie gern einladen."

"Das ist sehr nett von Ihnen, Frau K.", wehrte Herr Kastanidis ab, "aber ich fürchte...", und er hielt inne, weil er gewahr wurde, dass er die Bitte unmöglich abschlagen konnte: "Na ja, ich wollte mich eigentlich entschuldigen. Ich habe noch einen weiten Rückweg, aber, Frau K., wenn es Ihr Wunsch ist, dann nehme ich mir gern noch ein Stündchen Zeit."

Und so kam Herr Kastanidis vor seiner Abreise noch in den Genuss einer heißen Tasse Kaffee und einer kleinen Stärkung.

Als er sich verabschiedete, sagte er: "Frau K., ich würde Sie in den nächsten Tagen gern einmal anrufen, wenn es Ihnen Recht ist?"

"Ja", antwortete die Witwe. Kastanidis Angebot schien ihr willkommen zu sein. Ein wehmütiges Lächeln huschte über ihr Gesicht: "Ja, Herr Kastanidis, rufen Sie mich an."

"Ähm, Frau K., es ist mir etwas unangenehm, ...ähm, was meinen Sie, wann darf ich mich bei Ihnen melden? Ich meine, na ja, ich habe die Dinge für die Firma zu regeln..., die Unterlagen Ihres..., äh, Sie verstehen doch? Was meinen Sie, wann darf ich mich melden? In einer Woche? Ist das für Sie in Ordnung?"

Anna K. nickte.

"Gut", sagte Herr Kastanidis, "und, liebe Frau K., falls ich irgendetwas tun kann, für Sie, wir können über alles reden."

Anna K. nickte erneut. Sie sah zu Boden.

Eine schöne Frau, dachte Kastanidis und seine Augen verharrten einen Augenblick an ihren schlanken Fußfesseln, denn er war ihrem Blick gefolgt.

Als keine Antwort kam, fasste er mit der linken Hand nach ihrem Unterarm und ergriff mit der Rechten behutsam ihre Hand:

"Dann möchte ich mich jetzt von Ihnen verabschieden." Er sah verstohlen über die Schulter,

dann wieder nach vorn. Frau K.'s Bruder sah ihn bleiern an.
Unter dem vollen, grauhaarigen Schnäuzer konnte man die Oberlippe nur erahnen.
Anna K. nickte nochmals.

Kastanidis reichte ihrer Schwägerin die Hand, schließlich noch dem Bruder, der unerwartet sein Schweigen brach. Mit tiefer Bassstimme sagte er:

"Danke, dass Sie gekommen sind, Herr Kastanidis. Ich wünsche einen angenehmen Heimweg. Ich werde für Anna", dabei spähte er zu Frau K. hinüber, "alles regeln. Sie kann das jetzt nicht", sagte er, "nein, das kann sie jetzt nicht."

"Das ist recht", antwortete Herr Kastanidis, "ein Beistand in solchen Tagen ist wichtig." Er zog aus seiner Mantelinnentasche eine Visitenkarte, die er dem Bruder hinhielt: "Falls Sie Fragen haben!"

Dann streifte er seine Handschuhe über, verneigte sich knapp, drehte auf dem Fuß und strebte dem Ausgang entgegen, an den Sitzreihen mit den Trauergästen vorbei, die ihm neugierig nachsahen. Ein gepflegter Herr, dachten sie, modisch gekleidet, wie die Menschen in der Großstadt und vermuteten weiterhin in ihm Herrn K.'s Chef.

Um neun Uhr an jenem Dienstagmorgen saß Herr Thrum in der Konzernzentrale dem Sortimentsausschuss vor, der aus den Vertriebsleitern, also ihm und Herrn Rehburg, den beiden Einkäufern für Materialien, dem Leiter der Hardwareabteilung und Herrn Kastanidis als Vorsitzendem bestand. Herr Thrum war sehr selbstsicher in die Versammlung gegangen, als stellvertretender Vorsitzender mit allen Rechten des Vorsitzenden ausgestattet, da dieser ja nicht anwesend sein konnte.

Die Beerdigung hätte ich sausen lassen, hatte er gedacht, als er morgens sein Auto auf dem Parkplatz der Zentrale abgestellt hatte. Die hätten den K. schon ohne ihn unter die Erde gebracht, dachte er, als er die Treppe zum Gebäude hinauf stieg, in der linken seinen Aktenkoffer, den Mantel über den rechten Unterarm gelegt. Er lachte boshaft: Heute ist ein guter Tag für Helmut Thrum, dachte er, ich werde das neue Produkt vom van Ceulen ohne Probleme durchbringen, wenn ich das richtig sehe. Das wäre doch gelacht. Seine Strategie sah vor, den ganzen APM-Scheiß, wie er einige wenig erträgliche Produkte nannte, aus dem Sortiment raus zu werfen und das neue Material zu pushen. Er hatte die Stimmen bereits sicher. Nur Kastanidis und Rehburg hätten ihm Probleme bereiten können, doch nun, wo Kastanidis nicht anwesend war? Was sollte da noch schief gehen?

"Oh, Herr Thrum hat aber gute Laune", hatte die Telefonistin ihrer Kollegin hinter vorgehaltener Hand zugeflüstert, als Herr Thrum pfeifend und zielstrebig an ihnen in die Richtung der Messe vorbeigeschlendert war, um sich noch schnell einen Kaffee zu gönnen.

Als er die Bedienung an der Theke ansprach, rieb er sich grinsend die Hände: "Haben Sie denn wohl einen schönen Kaffee für mich, Frau Pommerenke?"

"Jawohl", erwiderte sie, "so wie immer, der Herr?"

"So wie immer."

"Na, dann setzen Sie sich mal hin, ich werde den Kaffee gleich bringen."

Er würde in die Karibik reisen, dachte er, als er am Tisch saß und aus den Fenstern, die bis zum Boden reichten, auf die Straße hinaussah, auf der sich der Verkehr vorbeiquälte. Der Clou aber war, dass er für die folgenden Jahre Bares in Höhe von Fünftausend Euro erhalten sollte, so-fern ein Mindestumsatz erreicht würde.

Natürlich hatte Thrum seine Freude über die angebotene Reise geschickt verborgen, während er mit van Ceulen zusammen gesessen hatte, was den Belgier zu der voreiligen Offerte verleitet hatte, dass bei einer Umsatzgröße von einer Mill-ionen Euro im ersten Jahr weitere Fünfzehn-tausend Euro drin seien. Als Thrum daraufhin den

Vorschlag gemacht hatte, den Bonus jährlich kassieren zu dürfen, hatte van Ceulen sich gewunden. Schließlich einigte man sich auf Fünftausend für jedes Jahr und hatte den Handel mit Handschlag besiegelt.

Frau Pommerenke stellte die Tasse auf dem Tisch ab und sagte: "Was ist Ihnen denn Gutes passiert, Herr Thrum? So gut aufgelegt heute?"
Augenblicklich reagierte er auf diese Frage, indem er zwar weiterhin lächelte, sich aber vornahm, mehr Zurückhaltung zu wahren, um keinen Verdacht zu erregen:
"Ach, Frau Pommerenke", antwortete er listig, "ist das nicht prima, mein Sohn hat im ersten Anlauf eine Ausbildungsstelle gefunden. Zum August nächsten Jahres, wenn er das Gymnasium beendet hat."
"So? Das ist wirklich toll", sagte Frau Pommerenke, das Tablett mit beiden Händen vor die Brust gehalten, und es entstand ein kurzes Gespräch über Kinder und die Schwierigkeiten, die Eltern in der heutigen Zeit mit Ihnen haben.
Herr Thrum hatte zwar nicht gelogen, was die Ausbildung anging, doch war sie nur ein Ablenkungsmanöver, und außerdem wusste er bereits seit zwei Wochen davon. Mit gespielter Geduld hörte er der Bedienung zu und erweckte den Eindruck eines Mannes, der über sein hartes Tagesgeschäft niemals die Sorge um seine Familie vergaß.

Später versuchte Herr Rehburg ihm Steine in den Weg zu legen. Er regte an, Herrn Kastanidis telefonisch mit stimmen zu lassen, worauf Herr Thrum erwiderte: "Herr Rehburg, Sie wissen so gut wie ich, dass das nach den Statuten nicht vorgesehen ist und, wenn ich darauf verweisen darf, da es hier um die Einführung eines einzigen Produktes geht, sicherlich strategisch bedeutungsvoll, aber doch nicht von elementarer Wichtigkeit ist, ...auch nicht notwendig sein dürfte."

Herr Rehburg versuchte nochmals auf die geplante Einkaufssperre der APM-Produkte einzugehen, sprach von einer Verantwortung, die man auch seinen Lieferanten gegenüber habe und sprach sich dafür aus, den Lieferanten die Möglichkeit zu geben, durch eine Preissenkung die Produkte für den Markt interessanter zu machen.

"Wir sind zwar entscheidungsfähig, Herr Rehburg, aber bitte, ich werde Herrn Kastanidis gleich mal anrufen. Ich hoffe, er ist erreichbar, falls nämlich nicht..., ist die Sache hiermit entschieden. Ich will mir hier nicht stundenlang die Eier schaukeln." Da lachte Borchert, der Leiter der Hardware prustend los, und Willmann, einer der Einkäufer, schmunzelte über die saloppen Worte.

Thrum selbst schüttelte sich innerlich in der Gewissheit, dass Kastanidis nicht erreichbar sei, weil der ihm mitgeteilt hatte, er lasse sein Mobiltelefon im Auto, solange er der Begräbnisfeier beiwohne.

Ach, Kastanidis, dachte Thrum, Du magst ein fähiger Chef sein, aber Du bist zu emotional. Eines Tages säbeln sie Dich ab, dann werde ich zur Verfügung stehen.

"Geht nicht ran", sagte er Enttäuschung vorspielend. "Schade", fügte er noch hinzu.

Als Kastanidis seinen Wagen erreichte, zeigte ihm sein Telefon sieben Anrufe in Abwesenheit an. Er war noch ganz ergriffen von den Ereignissen des Tages. Der Blick auf die Uhr verriet ihm die Zeit: Sechzehnzwanzig. Sogleich streifte er die Handschuhe ab und legte sie mit dem Mantel auf die Rückbank. Dann setzte er sich seufzend ins Auto und prüfte die Nummern. Vor einer knappen halben Stunde hatte Herr Thrum angerufen. Kastanidis überlegte kurz, bevor er sich entschied: Das hat Zeit. Ich werde später zurückrufen.

Er wollte mit seinen Gedanken noch eine Weile allein sein. Einer plötzlichen Eingebung folgend, stieg er wieder aus, zog den Mantel über und ging auf den Friedhof zurück.

Als er K.'s Grabstelle erreichte, waren alle Menschen verschwunden. Nur der Friedhofsgärtner kam mit einem Karren angeschoben, auf dem die Kränze aus der Leichenhalle lagen. Das Grab war bereits mit Erde aufgeschüttet. Der Gärtner brachte den Karren vor dem Grab zum stehen und musterte Kastanidis, der ein paar Schritte beiseite getreten war und auf das Grab starrte. Der Gärtner kratzte sich verwirrt am Kinn. Dann packte er sich den ersten Kranz, legte ihn auf den Grabhügel und richtete die Schleifen aus:

"Wird Regen geben", nuschelte er, "is'n Jammer. Die schönen Blumen...und Schleifen."

Mühsam kam er wieder hoch und fasste sich an den Rücken. Ächzend sagte er: "Der Lack is' ab." Breitbeinig stand er Kastanidis zugewandt: "Sie sind nicht von hier, he?"

Kastanidis drehte dem Gärtner den Kopf zu: "Nein", antwortete er.

"Aha. Kannten sie den Verstorbenen? War'n prima Kerl."

"Ja, ich kannte Herrn K."

"War'n prima Kerl, der Jürgen." Der Gärtner nahm sich den nächsten Kranz. Als er die Schleife las, zeigte er mit dem Finger darauf: "Hier, 'n Kranz von der Firma, für die er gearbeitet hat. Schönes Ding, nich' billig, kann ich Ihnen sagen." Er hielt den Kranz mit beiden Händen von sich weg und betrachtete ihn nachdenklich: "In tiefer Trauer um unseren geschätzten Mitarbeiter und Kollegen. Die Geschäftsleitung", las er andächtig. Dann platzierte er ihn und zog die Schleifen glatt. Ächzend erhob er sich, begutachtete, schüttelte unzufrieden den Kopf, beugte sich erneut herunter, verrückte den Kranz etwas nach links und zupfte wieder an den Schleifen:

"Nich' billig, das Ding. Wenn ich's nicht weiß, wer dann?", sagte er: "Wir machen diese Kränze selbst. Die Schleifen lassen wir kommen..., da gibt's Kataloge für."

Herr Kastanidis hörte nur halb zu. Er hatte den Gärtner um keine Kommentare gebeten. Er wollte eigentlich schon auf dem Rückweg sein, aber irgendeine magische Kraft hatte ihn dazu bewegt, die Grabstätte noch einmal aufzusuchen. Wie einem Magnetismus folgend hatte er die Stille begrüßt. Diese betörende Stille des Friedhofes kam ihm so außerirdisch vor, war ihm völlig abhanden gekommen, und er entdeckte eine neue Sehnsucht.

Nun stand er hier und beneidete K. ein wenig um diese Ruhe, die ihn fortan umgeben würde. Aber der Tod! Was war das, ein Nichts? Eine Leere, ein Vakuum, eine Isolation? Würde K. wieder auftauchen in Form eines Kostas etwa? Ja, die Stille war angenehm, aber er, Kastanidis, hatte die Möglichkeit, zurückzukehren und den Pulsschlag des Lebens zu spüren.

"Die haben uns sogar einen Scheck für Blumenschmuck geschickt, ...die von der Firma", sagte der Friedhofsgärtner, "das finde ich ganz anständig, macht nicht jeder, ich weiß das. Kranz mit Schleife, das war's. So machen das die Meis-ten. Sag' ich nicht, weil ich daran verdiene, ...ja, auch, aber ist doch sehr anständig. Sieht meine Frau auch so."

Nein, die Stille kann angenehm sein, dachte Kastanidis, aber das Leben ist wichtiger. Er konnte sich nicht vorstellen, wie es hinterher sein würde. Da war nichts! K. war jetzt *Nichts* und darum bedauerte er ihn. Vielleicht kamen sie deshalb zurück, als Tier, oder als Mensch, wer weiß das, weil sie das Nichts nicht ertrugen.

Es kann nicht meine Schuld sein, dass er nun hier liegt, dachte er, oder die unserer Firma, das kann doch nicht sein, wir haben im Interesse der Firma...

"Der K. war mit mir ein Jahrgang", redete nun wieder der Gärtner, unablässig Kränze ablegend und Blumengestecke aufbauend, "wir waren zusammen zur Schule. War'n immer Freunde. Geht mir Leid ab, der Jürgen, aber irgendwann müssen wir sterben, der eine eher, der andere später. Gut, dass wir nicht wissen, wann wir dran sind, stimmt's?"

"Ja, das ist gut", bestätigte Herr Kastanidis und dachte: Es ist nicht meine Schuld, der Mann hat Recht. Wir sind einfach irgendwann an der Reihe.

Er legte den Kopf in den Nacken und atmete tief die kühle, feuchte Luft ein, die nach Erde roch, während die einsetzende Dämmerung den Himmel in blasses Rot tauchte. An den Friedhofsmauern ragten Buchen in den Himmel, und Herr Kastanidis betrachtete das Laub, das vom Herbst verfärbt seinen Abschied ankündigte. Der Mensch nimmt zwar die Laubfärbung der Natur wahr, doch es gelingt ihm kaum, auf die Veränderungen seiner Mitmenschen sensibler zu reagieren. Auch unser Scheiden ist ein beachtenswerter natürlicher Vorgang. Und bei allem künstlichen Beiwerk ist doch das Benehmen der Menschen immer noch ein natürliches Etwas. Da wir Menschen ein Produkt der Natur sind, folgerte Herr Kastanidis, entsteht alles Künstliche, dass wir hinzufügen, aus der Natur.

Herr Kastanidis verirrte sich in abstrusen Gedanken: Die Sonne strahlt immerfort mit unmerklich nachlassender Intensität, und die Erde dreht sich stetig mit gleicher Geschwindigkeit, Tag für Tag, Jahr für Jahr, das stimmt! Auch der Turnus der Mondwende ist gleich bleibend. Und dennoch fegen Stürme Ortschaften weg, mal hier, mal dort, zu jeder Zeit. Wolken bedecken das Licht, Regenfälle fluten wahllos unser Land. Laune der Natur nennen wir das. Wie dem Laub, dem kein Stichtag für das Einsetzen des Welkens bestimmt ist, so kann auch das Individuum nicht absehen, wann es mit ihm zu Ende geht.

Er fand sich damit ab, dass wir auch die Ankündigung des Todes einfach hinnehmen müssen; doch sollten wir Veränderungen im menschlichen Miteinander empfindlicher wahrnehmen, so etwa wie die Launen der Natur.

Vielleicht ist der Tod dann nicht so schockierend, dachte er. Vielleicht ist der Schmerz dann nicht so groß.

Der Gärtner hatte alles abgeladen. Er besah sich sein Werk und setzte sich auf den Karren, sodass seine Beine baumelten. Die Hände hielt er auf den Oberschenkeln gefaltet. Mit gesenktem Kopf schien er ein Gebet zu sprechen. Anschließend drehte er den geneigten Kopf und sah zu Kastanidis auf, der wie angewurzelt dastand:

"Wir sind manchmal einen trinken gegangen, der Jürgen und ich. Wilhelm und Anton war'n auch meistens dabei. Wir waren ja auch alle im Heimatverein, aber zwischendurch sind wir manchmal noch einen trinken gewesen. Wissen Sie, was K. mal gesagt hat?"

Der Gärtner schwieg einen Moment, aber er erwartete wohl keine Antwort: "Das ist noch nicht so lange her: Ich möchte manchmal, dass alles vorbei ist, hat er gesagt. Einfach so, und hat sein Bier ausgetrunken.

Was soll vorbei sein, habe ich gefragt. Da hat er nur abgewinkt: Schon gut, hat er gesagt."

Kastanidis sah den Gärtner neugierig an: "Was sollte vorbei sein?", fragte er drängend.

"Hat er doch nicht gesagt! Aber das war nix Lustiges. Das war ernst. Ich hab' da drüber nachgedacht, tagelang, so ernst war das. Er hat ja immer viel über seine Arbeit erzählt. Der hat das richtig gerne gemacht, so rum fahren und verkaufen. Für mich wär' das nix. Ich bin lieber hier auf'm Friedhof, ...bei meinen Toten, denen kann ich alles erzählen. Die motzen nicht, dass was zu teuer ist, oder dass sie lieber woanders kaufen. Die nörgeln nicht, wie auch, die könn' hier nicht weg, und sagen könn' sie auch nix. Nee, ich sage Ihnen, das hing mit seiner Arbeit zusammen. Der hat nämlich irgendwann garnix mehr darüber erzählt...Tach, Hiltrud." Eine etwa sechzigjährige Frau war herangekommen. In ihren Händen hielt sie eine Holzkiste mit Astern.

"Willst Du was pflanzen? Bald schon zu spät, was?"

"Ja, die habe ich gerade von Euch aus der Gärtnerei. Anni meinte, das geht noch, oder etwa nicht?"

"Ja, ja, ist schon recht."

Die Frau ging weiter.

"Hiltrud Geistmann. Der ihren Mann habe ich letzten Herbst untergegraben." Er schüttelte grienend den Kopf und kratzte sich im Nacken. Herr Kastanidis sah ihn erwartungsvoll an. Nach einer Weile sagte der Gärtner: "Na, ich muss mal wieder. Wird bald Regen geben." Er sprang mit einer Behändigkeit vom Karren, die Kastanidis ihm nicht zugetraut hätte.

"Warten Sie", rief Kastanidis offensichtlich um Beherrschung bemüht: "Sie sagten, es hinge mit seiner Tätigkeit bei..., sie sagten, es hinge mit seiner Arbeit zusammen."

"Hab' ich das? Ja, muss wohl stimmen."

"Aber wie meinen Sie das? Wie kommen Sie denn darauf?"

Der Gärtner grübelte: "Weil er nix mehr erzählt hat", antwortete er, "darum. Ist doch so! Der Mensch spricht nicht gern über das, was ihn bedrückt. Jürgen war immer lustig, doch in letzter Zeit ist der immer stiller geworden. Das lag an seiner Arbeit. Wissen Sie, was die gemacht haben, die Chefs von seiner Firma? Die haben den Laden dicht gemacht, so dreißig Kilometer von hier. Werden schon ihre Gründe gehabt haben, die. Kosten sparen, hat Jürgen damals erzählt, da hat er noch gelacht darüber, aber das war nicht gut für ihn. Für ihn nicht, ist doch klar. Der hatte doch seine meisten Kunden hier. Haben die nich' kapiert, die Herren. Müssen wahnsinnig Kosten gespart haben, aber für Jürgen war das scheiße. Ja, war das. Also, wenn Sie mich fragen, das lag alles an seiner Arbeit. Das hat ihn kaputt gemacht. Das hat der nicht gepackt." Der Gärtner kratzte sich das Kinn: "Ich glaube, die haben ihn unter Druck gesetzt."

"Wer?"

"Ach, was, sind Spekulatius." Der Gärtner lachte schelmisch: "Ich sage immer Spekulatius..., nein, sind Spekulationen: Sein Chef, oder wer auch. Ich habe darüber nachgedacht! Sagte ich doch. Ich bin zwar Gärtner, aber glauben Sie nicht, dass ich dumm bin, glauben Sie das bloß nicht. Die machen doch hier nicht das Lager zu, hab' ich gedacht, weil sie nichts mehr verkaufen wollen. Glauben Sie das etwa?" Nun zeigte er mit einem giftigen Blitzen in den Augen auf den eleganten Herrn.

"Wohl kaum", antwortete der knapp.

"Seh'n Sie. Die haben sich gedacht: Das können wir doch alles schön verschicken. Das geht doch heute alles so schnell mit diesen Paketdiensten. Aber ich habe mal mit dem Jochen Wolters gesprochen, der war mal Kunde von Jürgen, ist sogar im Heimatverein. Der hat zum Jürgen gesagt: Wenn Ihr hier zumacht, dann war's das. Dann fahre ich zum Hilker und bezahle etwas mehr. War dem egal. Der war es so gewohnt, konnte sich alles abholen. Ach, wissen Sie, ich muss jetzt weg. Gibt gleich Regen."

Dann fasste er die Deichsel und zog den Karren an. Das Geknirsche seiner Schritte und der Räder auf dem Kies wurde merklich leiser, je mehr er sich entfernte. Nach zehn Metern blieb er dann noch einmal stehen und drehte sich um. Kastanidis hatte sich in entgegen gesetzter Richtung zum Gehen gewandt:

"Sagen Sie mal", rief der Friedhofsgärtner ihm nach, "wer sind Sie eigentlich? Sind Sie ein Freund vom Jürgen gewesen?"

Kastanidis drehte sich nun ebenfalls um. Er überlegte und hob dann die behandschuhte Hand zum Gruß. Mit heller resignierter Stimme antwortete er: "Ich bin mir nicht sicher."

Der Friedhofsgärtner schüttelte ratlos den Kopf. Er sah Kastanidis nach, dem gepflegten Herrn nach. Er sah, wie er in Richtung Ausgang schlich.

Herr Kastanidis passierte das Ortsausgangsschild. Regen setzte ein. Der Gärtner hatte also Recht behalten.

Vielleicht ist es besser für K., dass es so gekommen ist, überlegte er, aber das habe ich nicht gewollt.

Kurz danach fuhr er auf die Autobahn und hatte Dreihundertfünfzig Kilometer Zeit zum Nachdenken. Wie die Wischerblätter den Dreck von der Scheibe, so würde auch sein Job die Erinnerung an diesen Tag verdrängen, so viel stand fest.

Seine Anrufe würde er morgen erledigen.
Früh genug, um in sein Leben zurückzukehren.

... der vielleicht wieder unter uns ist.